Jakob

Alexander in Babylon

Jakob Wassermann

Alexander in Babylon

Reproduktion des Originals.

1. Auflage 2022 | ISBN: 978-3-36827-112-1

Verlag: Outlook Verlag GmbH, Zeilweg 44, 60439 Frankfurt, Deutschland
Vertretungsberechtigt: E. Roepke, Zeilweg 44, 60439 Frankfurt, Deutschland
Druck: Books on Demand GmbH, In de Tarpen 42, 22848 Norderstedt, Deutschland

Vorspiel

Am neunten Tage des makedonischen Monats Lus begann die Not, aufs Höchste zu steigen.

Die Wachen bei den zusammengeschmolzenen Vorräten von Fischmehl und getrockneten Fischen rissen, vom Hunger überwältigt, die königlichen Siegel ab; als sie die erste Gier gestillt hatten, teilten sie auch andern aus, was sie bewahren sollten, von den gleichfalls hungernden, schreienden Kamelen umdrängt. Der Thessaler Pasas war unter den Frevlern der Erste gewesen.

Von unheilvoller Ahnung erfasst, standen in geringer Entfernung die Befehlshaber. Keiner wagte, dazwischenzutreten oder den Vorfall zu melden.

Pasas schrie und tanzte wie ein Besessener. Seine beiden Hände waren mit der weißen, staubähnlichen Speise gefüllt, und er lachte, lachte wie jener Philistion, von dem man erzählt, dass er an unmäßigem Lachen gestorben sei.

Einige Makedonier der Edelscharen kamen hinzu. Sie wollten nicht an der Untat teilnehmen, obwohl der Hunger sie quälte, als ob glühende Eisenkugeln durch ihre Gedärme rollten. Ihre Blicke richteten sich stumpf nach Osten; es war, als sähen sie noch die reichen Städte, die sie dort verlassen. Aber ringsum breitete sich die Wüste aus: dunkelgelb und regungslos.

Die Nacht brach an. Sie kam nicht allmählich, sie kam plötzlich wie der Schrecken. Die Söldner, die sich gesättigt hatten, suchten mit verbrennender Kehle nach Wasser; die salzige Nahrung hatte ihren Durst ins Unerträgliche gesteigert. Sie scherten sich nicht um die hohläugig im heißen Sand keuchenden Kameraden und traten auf die dunklen Körper, die zu erschöpft waren, Gegenwehr zu leisten. Kein Lagerfeuer flammte mehr; nur weit im Rücken des Heeres, bei den phönikischen Kaufleuten, stiegen einige Brände empor, genährt durch die wohlriechenden und kostbaren Nardenwurzeln.

Einer von den Suchenden stieß ein misstönendes Triumphgeschrei aus. Neben einer aufgewehten Düne hatte er eine Pfütze mit brackigem, stinkendem Wasser entdeckt, lag schon bis zum Gürtel darin und trank nicht nur mit den Lippen, sondern mit dem ganzen Gesicht. Schwer atmend warfen sich andere neben ihn und tranken lautlos, bemüht ihren Fund geheim zu halten. Ihre Körper erstarrten vor Wollust.

Aber als hätten sie das Wasser in der Luft gerochen, erfuhren es die nahe lagernden Scharen der Messenier. Mit kraftlos wankenden Beinen stürzten sie herbei und verloren unterwegs Helme und Mützen. Nach wenigen Augenblicken bezeichnete ein Haufen von Gliedmaßen, Rümpfen und Köpfen die Stelle, wo vorher das elende Rinnsal gewesen, und Hunderte von Zuspätkommenden scharrten heulend im Sand.

Keine Schlafruhe herrschte im weithin verstreuten Lager, sondern die bleierne Stille vollständiger Ermattung. Die Sterne brannten groß und rot, die Milchstraße lief als weißglühendes Band von einem Saum des Himmels zum andern. Da und dort hockten Söldner schlaflos aufrecht und lauschten mit fiebernder Angst auf das ferne Gebrüll wilder Tiere.

Spät nachts schlich ein Fußsoldat zu einem Gepäckwagen, wo Pferde angebunden waren. Mit dem kurzen Schwert durchschnitt er einem der Tiere den Hals; er sank zu gleicher Zeit mit ihm nieder, als es lautlos zusammenstürzte, und ließ das herausschießende Blut in seinen verdorrten Rachen strömen.

Als der Morgen kam, lief der Arkader Amissos zu seinem Rottenführer. Ohne zu sprechen, das hohlwangige Gesicht von Freude gebläht, deutete er in die Ferne.

Viele sahen hinüber: Zypressen hoben ihre grünen Leiber über den Rand der Wüste und dahinter war etwas wie ein schimmerndes Dach, auf Säulen gestützt. Einige begannen schon zu jauchzen, da, als hätte ein Sturm es fortgeblasen, war das entzückende Gebilde hinweg.

Amissos fiel wie ein Erschlagener auf den Boden; man schaffte ihn auf einen der Transportwagen, auf denen sich Kranke und Verschmachtende befanden. »Mein lieber Amissos,« sagte dort ein weißbärtiger Hauptmann zu ihm, »ist es nicht ein Jammer, geboren zu werden, wenn man so sterben muss? Wo sind unsere Täler, unsere Weinberge, unsere süßen Plätzchen vor dem Stadttor, wo man plaudernd aufs Meer blickte?«

»Schweig, alter Hund!« stöhnte ein anderer, der durch den Genuss verdorbener Speisen eine Seuche bekommen hatte. »Siehst du nicht, dass wir in Ruhe sterben wollen? Was peinigst du uns noch mit deinem verdammten Plätzchen am Stadttor?«

Und Amissos blickte auf; alle blickten auf und sahen die Wüste: zitronengelb, trocken, leer. In unheimlicher Blässe wölbte sich der Himmel darüber, in der Tiefe von einem rötlichen Ring zitternder Luft eingesäumt. In dem übermäßig in die Breite und Länge gedehnten Zug des Heeres sah man Reiterscharen in unabsehbarer Kette, Ross auf Ross, Mann hinter Mann. Die Pferde ließen den Kopf mit dem schaumtriefenden Maul tief hängen. Bisweilen stürzte eins zusammen wie ein ausgebrannter Holzstoß; die Lücke, die sein Fall verursacht, blieb noch stundenlang sichtbar. Die verglasten Augen von Tier und Mensch fragten kein Wohin mehr. Herz und Gehirn verbrannten ihnen.

Das Mittagsgespenst zog umher in der träumenden Öde. Langsam erhob sich Staub wie die Luftbläschen im Wasser; er legte sich in die Poren der Haut und versengte sie. O Konon, wo sind deine Verse, deine unverschämten Scherze, dein feiles Schmeichlerwesen?

Konon, der Literat, befand sich unter dem Tross des Heeres. Ein Dutzend goldne Becher, fünf Halsbänder und einen Purpurmantel brachte er aus Indien mit. Jetzt waren alle Gedichte ohnmächtig und überflüssig, der Purpurmantel hing schmierig und zerfetzt von der Schulter, Gold war so wertlos wie der Geifer, der von den Lippen floss.

Auf den Wagen hockten stumpf in sich vergraben die Weiber. Manche hielt einen Säugling verzweiflungsvoll in den Schoß gepresst, als wollte sie ihn wieder zurückgeben in die Urnacht des Mutterleibes, wo ihm selbst aus dem erschöpftesten Blute noch Nahrung zufließt. Andere gingen zu Fuß und schleppten größere Kinder an der Hand fort; wenn sie endlich in den brennenden Sand niederstürzten, gellte ihr verzweifelter Hilferuf noch lange in die gleichgültigen Ohren der Weiterziehenden. Lesbische Mädchen, milesische Tänzerinnen, Buhlerinnen aus Ägypten, syrische Dirnen, – da lagen sie in der Sonne verdorrt wie die Weinschläuche, die sie auf ihren Maultieren mitgeführt. Ungeschminkt blieben die Augenbrauen, ungefärbt das Haar, ungesalbt der Leib.

Als die Raststunde kam, hieß es auf einmal, Wasser sei im Lager. Wie ein Wurm, der lang ausgedehnt im Erdreich gekrochen, sich zur Nacht zusammenrollt, so kamen stundenlang noch die erschöpften Nachzügler durch die Finsternis. Ein Wasseräderlein, schmal wie eine Hand, floss über eine Felsrinne. Tausende, durch keinen Zuruf, keinen Befehl zu bändigen, hatten sich darüber hingestürzt. Tausende leckten winselnd den feuchten Stein. Eine Abteilung Rundschildner zerschlug mit ihren Äxten hölzernes Gerät, Leitern, Sturmböcke, Wagendeichseln; sie machten Feuer damit und schlachteten einige Pferde und einen krank gewordenen Elefanten.

Indessen fiel weit im Norden, in den Gebirgen Gedrosiens ein Wolkenbruch herab. Das Wasser raste durch die Felsentäler ins offenere Land, hinunter in die Wüste. Mitten in der Nacht kam die Flut; der armdicke Bach schwoll an, ehe die Schläfer an seinem Rand sich retten konnten. Männer, Frauen und Kinder, die Tiere, die verglimmenden Feuer, die

Waffen, die Zelte, alles wurde fortgeschwemmt. Entsetzliche Schreie mischten sich in das hohle Brausen der Wässer, in ihr Zischen im Sand, Gebete, Verwünschungen, Todesröcheln, Gelächter des Wahnsinns erschallten. Und nach einer Stunde war alles wie vorher, die wilde Woge versickert, und die immer noch eintreffenden Nachzügler standen verschmachtend da. Sie warfen sich hin und befeuchteten Lippen und Zunge an den nassen Kleidern und Leibern der Toten, in den aufgelösten Haaren der Dirnen, am Purpurmantel Konons, der dalag und eine Manuskriptrolle krampfhaft mit den erstorbenen Händen umschloss; es war ein Lobgedicht auf Hephaistion, den Führer der Edelscharen und Freund des Königs.

Es wurde verkündet, dass Alexander den folgenden Tag zum Rasten bestimmt habe; von nun an solle nur in der Nacht marschiert werden.

Alexander lag auf einem niedrigen Ruhebett im Zelt, am Lagerende saß Hephaistion, die Knie übereinandergeschlagen, den Rumpf weit vorgebeugt. Alexander flüsterte, seine weißen Zähne funkelten feucht durch die Halbdunkelheit bei jeder Bewegung der Lippen. Der Kopf begleitete fast jedes Wort mit einem leidenschaftlichen Nicken. Er richtete sich auf, die etwas schiefe linke Schulter schien wie von einer unsichtbaren Last beladen, er nahm beide Hände Hephaistions in die seinen und sprach und sprach und flüsterte und flüsterte. Ein dunkler aufgeregter Singsang von Worten: Beteuerungen, Pläne, Ungeduld mit der Not der Stunde, es war, wie wenn ein Riese lästernd den Boden stampft und zugleich, wie wenn ein Kind stammelnd trotzt. Dabei verriet das sprühende Auge Schmerz über den Ausbruch; die wühlenden Kräfte schienen den Körper zersprengen zu wollen.

Hephaistion schwieg. Doch sein still brennender Blick hatte Worte genug: wogegen eiferst du? Wogegen empörst du dich? Die Elemente sind dir nicht zu Willen, gedulde dich; fasse dich, unglückseliges Herz, lass dich nicht hinreißen! Träume noch ein wenig, vielleicht wird dein Aufwachen friedlich sein.

Mit nackten Füßen schritt Alexander auf und ab; auf und ab, immer schneller, immer wilder. Das mantelartige Nachtgewand flatterte laut hinter ihm her. Er murmelte unverständliche Worte, seine Fäuste ballten sich, die Haut seines Gesichtes spannte sich, die nassen Haare bedeckten die Stirn und die eine Wange. Er ging hin und riss den Vorhang der Zelttür herab ...

Fahl glänzte der Morgen aus dem tiefen Osten der Wüste herauf. Wie Urweltschatten standen aufgewehte Dünen links und rechts. Die Wachen waren hingesunken. Ein einziger Mann stand gegen einen Pfahl gelehnt, schwarz und still.

Unergründliche Einsamkeit!

Mit einem Blick des Außersichseins starrte Alexander hinein in die Ödnis. Es war, als fordere er die Wüste zum Zweikampf heraus.

Beim Aufbruch am Abend erhob sich ein Sturmwind, der die spärlichen Merkzeichen des Weges verwehte. Die von der Küste mitgenommenen Führer wussten nicht aus noch ein, sie blieben auf der Stelle und rührten sich nicht, eingeschüchtert durch die Verzweiflung der umstehenden Edelknaben Alexanders. Die Wahrsager suchten sich mithilfe der Sternbilder zurechtzufinden.

Charmides, einer der jüngsten Edelknaben, saß eingesunken auf seiner nysäischen Stute, die Knie wie im Krampf emporgezogen, die Augen geschlossen. Bisweilen tastete er wie ein Schlafender über den Hals des Tieres hinaus, als suche er seine Gefährten. Doch viele waren schon dahin: der blond gelockte Philippides, den eine indische Sklavin so verzaubert hatte, dass er ihretwegen die fremden Götter anbetete; Medon, von Alexander besonders geliebt wegen seiner Tapferkeit; Himeneus, der schönste Jüngling aus Pella, Amphinomos, der Liebling des Leibwächters Ptolemäos. Die Sonne hatte sie getötet, der Sand begraben.

Wie still war es geworden, dass selbst kein Stöhnen mehr zum Ohr drang. In dumpfem Schmerz die Augen öffnend, sah sich Charmides plötzlich allein. Das ganze Heer schien vom Erdboden eingesogen zu sein. Rötlichschwarze Luft zitterte um ihn, sein Kopf war weit in den Nacken gebeugt, wie nach rückwärts abgebrochen. Schon stockte ihm das Herz. Die Haut des ganzen Körpers war aufgequollen. Da ertönte eine Stimme, schauerlicher als die des Hierophanten bei den Mysterien. War es die eines Gottes, die eines Sterbenden? Das gänzlich erschöpfte Pferd wankte noch einmal nach vorwärts, dann blieb es, als seien die Sehnen seiner Knie zerschnitten, jäh an einen spitzen Felsen gelehnt stehen. Der blutige Schaum tropfte hörbar aus seinem Maul auf den Boden. Seine Haut erzitterte, dann rührte es sich nicht mehr. Im Stehen verendete es, erstarrte es.

Charmides ließ sich herabgleiten. Er wollte rufen. Indem er den Mund öffnete, bemerkte er mit namenlosem Entsetzen, dass die Luft auf seinen Lippen keinen Klang gab. Er warf seine Arme über den Rücken des Pferdes und legte die Stirn auf die noch dampfende Weiche. Ein letztes Bild sah sein innerlich brechendes Auge: die rosig goldenen Hügel am Strand von Ambrakia, dort wo die Heimat war.

Die Dunkelheit der Nacht konnte nicht einmal die qualvollen Verzerrungen der Gesichter verbergen. Jedem spiegelte sich das eigene Schicksal im Leiden des andern ungemildert. Das Auge der Tiere redete menschlich im Jammer des Untergangs, das der Menschen flackerte tierisch. Die Ordnung des Heeres war aufgelöst, alles taumelte durcheinander wie ein wüster Haufe unzertrennlicher Schatten. Die Kräftigeren lechzten nach dem Blut derer, die sich schon mit dem Tod schleppten. Das Flehen der Niedergefallenen ließ gleichgültig. Ihre Stimmen ertönten als ein schauderhaftes Summen die ganze Nacht lang; sie lockten die Hyänen an mit ihrem Geschrei. Überall lagen wahnsinnig Gewordene und wühlten die nackten Arme tief in den Sand. Trotz der vielfachen Sterbenslaute, des Ächzens, Röchelns, des Wehengestöhns der Weiber, Wimmerns der Kinder, des beständigen Schwirrens der Luft herrschte doch eine eigentümliche Stille. Es war, als ob alle diese Töne und Geräusche aus dem Innern der Erde kämen. Noch wurde der Weg für die Zurückgebliebenen, die sich wieder aufraffen konnten, deutlich bezeichnet. Aber einige Stunden, und der Flugsand begrub alles: die Leichname jeden Alters und Geschlechts, die Kadaver von Pferden, Hunden, Kamelen und Mauleseln. Da lagen fortgeworfene Helme, Schilde, Schwerter, Bogen und Speere. Da lagen goldene Becher, Perlen und Geschmeide; Ohrgehänge aus Elfenbein, zu wunderschönen Figuren geschnitzt; weiße Lederschuhe mit gefärbten Sohlen und hohen Absätzen; Tigerfelle von entzückender Schönheit, goldverzierte Kästchen und kleine Schränke, in denen Bartschminke und Salben aufbewahrt wurden; musselinene Unterkleider, Kleider aus Baumwolle, weiß wie Schnee, die den Namen des Besitzers mit Silberfäden eingestickt trugen; Münzen aller Art, silberne Rauchpfannen, kupfernes Kochgeschirr, Kämme aus Gold, goldene Ringe, goldene Statuetten, goldene Spiegel . . .

Unberührt von den zermalmenden Mächten der Wüste, ging der Inder Kondanyo mitten in einem Haufen von Söldnern. Fahl wie der Sand waren ihre Gesichter; ihre Augenlider waren fingerdick geschwollen, ihre Lippen schwarz. Doch wenn Kondanyo sprach, zuckten die Leiber auf, die erstorbenen Augen schimmerten ein wenig, und sie suchten die Schritte der blutenden Füße leiser zu machen, um kein Wort zu verlieren.

Nikokles, ein Kyprier der durch seine Grausamkeit berühmt war, der mehr Menschen aus bloßer Lust am Mord umgebracht hatte, als andere in der Schlacht, brach vor Kondanyos Augen zusammen. Einige Söldner schritten über ihn hinweg und wandten die Blicke ab, um ein Bild nicht sehen zu müssen, das ihnen ihr eigenes Los ausmalte.

Kondanyo blieb stehen, beugte sich nieder und suchte den Mann aufzurichten.

»Wasser, Wasser,« ächzte Nikokles.

»Helft mir doch, Freunde, verlasst ihn doch nicht so,« rief Kondanyo. »Du, Euius, du bist noch am kräftigsten, lauf doch voran, lauf doch zu den Wagen dorthin.«

Keiner drehte sich um. Euius zögerte, dann schüttelte er apathisch den Kopf und wankte mit den andern weiter. Sie fürchteten sich, zu verweilen, sie hatten Angst, dass ihre Beine den Dienst versagen würden, wenn sie stehen blieben. Lieber wollten sie die Gegenwart des Inders entbehren.

Bald war Kondanyo mit dem kyprischen Söldner allein. Weit drüben im Felsgelände wimmelten unkenntliche Menschenhaufen.

Nikokles lag mit offenen Augen da. Er röchelte schwer. Kondanyo kauerte neben ihm, hob den Kopf des Söldners ein wenig empor und legte ihn auf seinen Schoß. Lange blickte er gedankenvoll vor sich hin, der Schmerz füllte seinen Mund, so dass ihm die Worte versagten. In den erstarrenden Augen des Kypriers war etwas seltsam Verlangendes, als ob er nur einen einzigen Hauch des Trostes suchte, um leichter sterben zu können.

Kondanyo schüttelte den Kopf. Dann legte er die Hand auf Nikokles' Stirne, beugte sein Gesicht noch tiefer herab und begann zu erzählen. Er wusste, dass es nur der Schall sein sollte, nur der tröstliche Klang einer Menschenstimme zur Bekämpfung des zermalmenden Verlassenheitsgefühls. So begann er vom erhabenen Prinzen Siddhatto zu erzählen, dem Sohn der Königin Maya, der zum Fluss Anoma ging und mit dem Schwert sein schönes Haupthaar abschnitt und unter dem Baum der Ziegenhirten mit der Welt rang, mit seiner Daseinslust, und wie er erkannte, dass der Tod besser sei als das Leben.

Nikokles, diese grausame Geisel des Krieges, hörte mit langsam sich schließenden Augen zu. Er tastete nach der Hand des Greises, um sie zu küssen, und bevor er starb, verschönte ein Lächeln die wundgebissenen Lippen.

Schlaflose Rast im brennenden Tag. Quellen gab es nicht mehr, die Brunnen waren eingestürzt, die Pfützen versiegt.

Alexander ritt mit den Leibwächtern Seleukos und Leonnatos und dem Kanzler Eumenes gegen Süden, um die Küste des Meeres zu suchen. Fast nur durch das Erstaunen über Alexander aufrechterhalten und mitgerissen, folgten ihm die Drei auf ihren mühsam hinschleichenden Tieren. Gesicht, Gehör, Gefühl, alle Sinne waren ihnen erstorben. Sie würgten die eigene Zunge, die als dürrer schwarzer Klumpen im Gaumen lag, gegen den Rachen.

Eumenes redete irr. Der riesenhafte Seleukos zitterte an allen Gliedern in geheimnisvoller Furcht. Dem Leonnatos drangen fortwährend dicke Tränentropfen aus den gelblich entzündeten Augen, und er suchte sie mit den Lippen aufzufangen.

Alexander wandte den Kopf nicht nach ihnen zurück, als dürfe nichts sein Vorwärtsdringen hemmen. Unmenschlich litt er durch Durst. Seit zweieinhalb Tagen hatte er nichts mehr genossen. Aber: der Tod, den gibt es nicht! Stand in den flammenden Augen geschrieben, die die Lüfte und die Erde zum Gehorsam zwingen wollten.

Es war hoffnungslos. Nach fünf Stunden mussten sie umkehren. Ein ausgetrockneter Wasserlauf diente als Richtungszeichen. Die Scharlachröte des Sonnenuntergangs bedeckte den Himmel, als sie wieder ins Lager kamen. Im Norden stand eine lange Wolke ganz in offener Glut. Nur Feuer schien die Erde, schien der Himmel zu atmen.

Langsam ritt Alexander zwischen den hingeworfenen Körpern der Edelscharen hindurch. Als er vom Pferd stieg, sah er einen Söldner, der mit der letzten Gier seiner vergehenden Kräfte an der leeren Brust eines Weibes sog.

Dämonisch glotzende Augen waren auf ihn gerichtet. Nur allmählich erkannten sie ihn durch den Dunst ihres Fiebers hindurch. Sie krochen heran, mühselig krochen sie auf ihn zu, die Überwinder Asiens. Ihre Arme waren steif ausgestreckt, ihre Gewänder zerrissen, ihre Bärte von Blut verklebt; einige hatten Sand im Mund und lachten wirr, einige hatten sich in der Wahnsinnsqual Haut und Fleisch von den Händen gebissen.»Hilf uns, Alexander!« schrien sie mit wutverzerrten Gesichtern und ohnmächtig geballten Fäusten.»Rette uns doch, wenn du Gottes Sohn bist! Zeig' doch jetzt, dass du Gottes Sohn bist! Hilf uns, rette uns!«

Alexander trat in die Mitte der Schreienden. Sein Haupt war gesenkt, die Augen waren geschlossen. Der Ansturm eines furchtbaren Zweifels war auf dem Gesicht zu lesen. Ein Seufzer entdrängte sich der Brust und die Züge verzogen sich zu lautlosem Weinen. Bestürzt wichen die Makedonier zurück. Vor diesem Anblick schauderte ihnen noch mehr als vor der Wüste.

Als die Nacht kam, erhob sich von der Erde, wer noch Leben in sich fühlte. Strahlenlos, mattlohernd, stand Stern bei Stern. Die Seelen der Hingegangenen schwirrten klagend zu ihnen empor und kehrten klagend wieder, zu ewiger Ruhelosigkeit verdammt, denn ihre unbegrabenen Leiber schützte kein Purpurtuch. Alexander vernahm ihre Not, sein Arm streckte sich den Schattengestalten abwehrend entgegen. Seine weit geöffneten Augen durcheilten den Kreis des Fiebers und der Leiden ...

Die rosige Finsternis bauscht auseinander, das Meer wird sichtbar, über das Wasser schreitet eine Frau. Um ihre Knie wallt ein sternengesticktes Tuch, sie schwingt die Fackel im Arm, sie heult und schluchzt wie das Meer selbst, und wenn sie aufhört, zu heulen und zu schluchzen, kommt ein herzzerreißender Gesang, orphisch düster. Es ist die Mutter, ist Olympias, die Fürstin, die Geheimnisvolle, die Priesterin von Samothrake, die Feindin der Menschen. Wohin geht sie? Woher kommt sie? Ihrem geöffneten Mund entströmen Flammen, zwischen den Zähnen hält sie blutiges Opferfleisch, die Woge, die ihr Fuß betritt, prallt kreischend zurück wie ein geschlagener Hund, in ihren Augen ist Mord, Blut, Zerstörung, Verachtung des Schicksals. Sie stürmt auf Alexander zu; aufgewühlt von Schreckgeschichten flieht sie vielleicht vor dem Tod, an den sie nicht mehr geglaubt hat, seit sie in den Armen des libyschen Gottes gelegen und Alexander mit ihm gezeugt hat.

Ihn hat stets der Schrecken von der Mutter ferngehalten. Er blickt in seine Jugend und Jünglingszeit zurück, als ob dreizehn Jahre nicht gewesen wären, er erlebt sie noch einmal, er sieht befremdet sich selbst, den schwermütigen Knaben am Hof zu Pella, ratlos vor den stürmenden Mächten in der eigenen Brust, stets erstaunt und beklommen in diesem Brodem der Ausschweifungen, der Ränke, des Argwohns, der grausamen Übeltat. Vater und Mutter einander nach dem Leben trachtend, angeberische Schleichhunde hinüber und herüber, boshafte Diener, den Todesaugenblick des Königs erlauernd, Kriegslärm, Parteigezänk, erlogene und erborgte Prunkfeierlichkeiten, friedloses Vorüberhetzen der Tage, die zernagende Ungewissheit der Zukunft. Und Alexander selbst, allen Ehrgeizigen das Hemmnis, willkommene Beute der Verleumder, die Einsamkeit fürchtend, weil sie den Meuchelmörder verbergen konnte, und dann die grauenvollen Stunden bei der Mutter! Wie sie ihn liebkost, wie sie ihn züchtigt! Wie sie ihn nachts aus dem Bett reißt und hinausschleppt in das Unwetter und ihn an den Rand eines feindlichen Lagerfeuers trägt, um zu erproben, ob er sich fürchte, und wie sie triumphierend aufschreit, ihn an die Brust drückt und seinen ganzen Körper mit Küssen bedeckt, als er lächelnd in den Wald der aufgesteckten Lanzen weist! Doch wenn er träumend, mit gesenktem Kopf umhergeht, zerrt sie ihn bei den Haaren über den Palasthof und schlägt ihn unter dem Geschrei und Gelächter der Mägde so lange, bis er sinnlos liegen bleibt. Der Vater ist all diesem abgewandt, zwischen Krieg und Wollust teilt sich sein Leben, er hasst das verschlossene und beobachterische Wesen Alexanders, er fürchtet die Jugend, je mehr ihm vor dem Altwerden graut. Er ist so gottlos wie klug, so unmäßig wie tapfer; Blutschande und Knabenliebe, Verrat und Mord machen sein Lager und sein Haus zu einem verruchten Aufenthalt, mit den ekeligsten Dirnen und den widerlichsten Schmarotzern entwirft er zwischen zwei Schlachten Anschläge auf das Leben seines Weibes und seines Sohnes. Alexander muss fliehen. Die winterliche Unwirtlichkeit der Gebirge lehrt ihn die bitterste Not kennen, er verzweifelt an sich und der Welt, der leidenschaftliche Brief der Mutter, worin sie ihn an seine göttliche Abkunft mahnt, lässt ihn gleichgültig, bitter ist ihm die Gegenwart, trostlos die Zukunft, der Vergangenheit will er nicht gedenken. Die Tage vergehen am Strand des illyrischen Meeres; die weit geschwungene Linie zu sehen, in der sich Himmel und Meer vereinigen, kann ihn allein noch beruhigen, der Anblick der Dinge und Menschen ist ihm ein Gräuel, sein Gang, sein Blick, seine Miene sind die eines Verstörten, Verstoßenen, eines Wahnsinnigen. Seine fünfzehn Jahre enthalten die Erfahrung von hundert . . .

Da kommt Hephaistion. Schüchtern und unbemerkt hat er sich schon am königlichen Hof in Alexanders Nähe gehalten. Alexander hat ihn nie gesehen, seine meist gesenkten Augen wichen den begegnenden Blicken aus. Hephaistion ist in Athen gewesen; die Lehren und das Beispiel wahrhafter Philosophie haben seinen Geist gereinigt und geschärft. Er sieht das Vaterland, wenn auch ruhmvoll nach außen, im Innern von Schmach und Unrat erfüllt. Auf Alexander richtet sich seine Hoffnung. Und so tritt er zu dem Flüchtling am Meer. Unvergessliche Stunde! Unvergesslich die erste innige Frage Hephaistions und seine tiefe, schwere Stimme, die ein wenig gebrochen klingt durch die Fülle des Herzens. Dann Alexanders Schweigen, sein Trotz, sein konvulsivisches Wühlen im Sand, das Aufbäumen seines Körpers, sein Weinen, seine endlosen Klagen und Hephaistion stumm, stumm sich niederbeugend; der sanfte brüderliche Kuss! Da erwacht Alexander, und der Himmel zeigt ein anderes Antlitz. Er erzittert, bis zum Abend zittert sein Leib, er wirft die Gewänder ab und stürzt sich ins Meer, seine Glieder verlangen nach Kampf, er tobt den schäumenden Wellen entgegen.

Im Gespräch teilen sich die Seelen einander mit. Die Zukunft gewinnt Gestalt. Hat Alexander sich bis jetzt wie ein Tier verkrochen, wie ein Tier, wie ein Sklave stumpf das Unvermeidliche ertragen, so drängt er jetzt den Göttern entgegen, zu Göttlichem scheint er sich auserlesen, und er glaubt an die göttliche Umarmung der Mutter.

Und es kommen Tage und Nächte, in denen Zweifel und Zuversicht wechseln, Beklommenheit und Raserei der überfließenden Kräfte, Gottestum und Menschenangst. Hephaistion ist der Wärter der kranken, aufbrüllenden Seele. Alle andern fürchten Alexander; es geht die Sage, sein zorniger Geifer wirke wie Gift; er ist gemieden, seine Gegenwart verbreitet Entsetzen. Die Freunde gehen nach Athen. Die lasterhafteste aller Städte flößt Alexander einen Abscheu ein, der ihm den Schlaf raubt. Auf ihn wirken die geringfügigsten Eindrücke mit erschreckender Maßlosigkeit. Maßlos ist sein Tun, sein Denken, sind seine Träume, seine Befürchtungen, seine Pläne. Seine Körperkraft ist unerschöpflich, Übungen ermüden ihn nicht, die wildesten Pferde bändigt er leicht, wer ihm zum Ringkampf gegenübertritt, den besiegt er fast schon durch seinen glänzenden Blick, in den Schulen der Philosophen erregt sein Geist Aufsehen, er verachtet das Herkommen und verficht alles Neue; wahrhafte Größe und Schönheit kann ihn so erschüttern, dass er tagelang wie besinnungslos bleibt, und selten sind die Stunden, in denen sein Gemüt zur Ruhe gelangt. Dann aber geht etwas Bezauberndes von ihm aus, und die ihn so sehen, sind ihm für immer verfallen, wer sein himmlisches Lächeln einmal gesehen hat, kann es nicht mehr vergessen, dann wohnt aller Stolz der Erde auf seiner Stirn und alle Lieblichkeit auf seinen Lippen.

Ohne Hephaistion hätte alles einen andern Weg genommen. Jetzt erst, in der Finsternis der Wüste, wo das Lebendige vor seinem letzten Ende stand, jetzt fühlt Alexander, an welchen Abgründen der Natur er vorübergegangen ist. So ganz zurückdenkend, zurückschauend, zurücklebend, erkennt er in Hephaistion den Retter, der an der Schwelle eines jeden Morgens der Sonne das Licht voranträgt. Und welch ein Tag war das, als die Nachricht vom Tod des Vaters eintraf; da kam Hephaistion, in der Hand das nackte Schwert, das Gesicht durchflammt von großartiger Begierde, aus einem kühnen Traum schien er erwacht und warf sich vor Alexander nieder und gab ihm das Schwert und schwor, er wolle vergessen, dass sie Freunde gewesen, damit Alexander um so mehr der Herr sein könne.

O, Monate! O, Jahre! Wohin! Die Welt besteht nur noch aus Sterbenden und Todgeweihten. Kein anderes Geschäft mehr als das des Henkers. Statt Wasser fließt Blut in Bächen und Strömen, Blut wälzt sich zum Meer, Blut füllt seine Gestade, Blut regnet vom Himmel, Bluttau liegt auf den Gräsern; die Flammen der brennenden Dörfer und Städte sind von Blut röter gefärbt, Völker, die um ihre letzte Habe kämpfen, taumeln über die Schlachtfelder, mit Leichen statt mit Fruchtsamen werden die Äcker bestreut, das Bittflehen der Könige und Fürsten verhallt im allgemeinen Waffenlärm, die Unterwelt kann die Seelen der Erschlagenen nicht mehr fassen, die Erde hat keinen Platz mehr für die Gräber, Menschenleben werden so billig wie Feigen, und die Raben fangen an, die Aasspeise zu verschmähen. Alexander zieht einher im Dunst des Mordes und der Schlachten, vom Pontus bis zum Indischen Ozean krabbelt das Menschengewürm im Staub, jeder Widerstand gegen ihn wird zur Lächerlichkeit, sein Name erregt Schauder und Bestürzung, er nimmt die Länder in Besitz, unwiderstehlich wie die Pest, und Persiens Großkönig flieht vor ihm bis an das äußerste Ende seines Reiches und empfängt den Tod von der Hand eines Rossknechtes.

Jeder Tag ist angefüllt bis zum Rand mit Tat. Alexander spürt nicht das Vergehen der Zeit. Wenn sie nicht in Schlaf und Wachen geschieden wäre, in Licht und Finsternis, wenn nicht Sonne und Mond wechselten, so wäre ihm alles wie ein einziger Tag. Die Zeit rollt vor ihm her wie eine rasche Kugel, der er im rasenden Lauf folgen muss. Zum Nachdenken ist keine Frist. Es ist eine unheimliche, atemlose Flucht aus sich selbst. Und Spiel ist es. Spiel mit Dingen und Menschen, Spiel mit dem Zufall; jede Gunst des Augenblicks wird erschöpft und ausgeschöpft; er merkt nicht, dass die Augen um ihn die Freiheit verloren haben und sich mit unaufrichtiger Willfährlichkeit füllen, warum darauf achten? Das Widerstrebende muss fallen. Alles hängt an seinem Mund, wenn er spricht, sein Wesen ist ihnen unfassbar wie der Sturm, sie fühlen dumpf, dass sie nur noch durch ihn mit der Welt, mit dem Leben, mit der Gottheit, mit der Menschheit zusammenhängen, er ist das dunkle Element, das ihr Schicksal regiert. Darum spielen sie sein Spiel mit, nicht ohne beständig quellende Beängstigung, nicht ohne die Ahnung, dass eines Tages die Stundenglocke schlagen wird; so sind ihre Ergötzungen, ihre Orgien, ihre Späße, ihr Tun und Treiben nicht frei von einer wunderlichen Hast, einer verräterischen Unruhe; sie erschrecken bei jedem Gewitter, bei jedem Sonnenaufgang ist ihnen, als müssten sie sich überzeugen, ob das Gestirn denn wirklich noch aus dem Osten stiege. Halt- und bodenlos sind ihre Reden, ihre Hoffnungen, ihre Handlungen, das ungeheuerliche Glück überrascht sie nicht mehr, auch das Unglück überrascht sie nicht mehr, es sind freischwebende, blinde, zappelnde, nicht mehr sich selbst gehörende Geschöpfe. Dies alles erkennt Alexander in dieser Stunde. Nicht mit ganzer Klarheit, nur düster und verschwommen. Er ruft Hephaistions Namen. Hephaistion reitet dicht hinter ihm und antwortet.

»So lebst du also,« murmelt Alexander, und er tastet nach Hephaistions Hand. »Wenn du nur lebst, Hephaistion, wenn du nur lebst.«

Nersar, dem Babylonier, war die Führung eines Teiles der Kamele anvertraut. Von seinen achthundert Tieren waren noch neunzehn übrig. Diese hoben auf einmal alle zusammen die Köpfe und schnupperten mit den Nüstern hoch in der Luft. War es nur der Morgen, den sie rochen? Das vorderste der Tiere stieß einen durchdringenden, weit gellenden Schrei aus, ähnlich dem Schall einer tyrrhenischen Trompete. Die übrigen Tiere, aufs Äußerste erregt, stießen einander und liefen endlich mit wilder Eile gegen Westen. Der Babylonier war außer sich. Er brach in die Knie, kreuzte die Arme über der Brust und schrie laut eine Beschwörungsformel, mit der man die bösen Geister vertreibt:

> »Sieben sind sie, sieben sind sie,
> in der Wassertiefe Schoß.
> Nicht Männer sind sie, nicht Weiber sind sie,
> sieben sind sie, sieben sind sie,
> luftig und gestaltlos sind sie,
> haben kein Weib und zeugen kein Kind,
> sind Gottes Feinde.
> Böse sind sie, böse sind sie,
> Raben sind sie, sieben sind sie.
> O Geist des Himmels, beschwöre sie!«

Eine hohle, winselnde Stimme ließ sich neben Nersar vernehmen. Sie bettelte um einen Schluck Kamelwasser. »Erbarme dich eines Sterbenden, ich will dir dreihundert Sklaven schenken, wenn wir nach Susa kommen.« Es war ein vornehmer Makedonier, ein Bruder des Leibwächters Perdikkas.

Der Babylonier sprang auf. Seine Kehle ließ einen Laut hören, anders als alle Laute seit sechzig Tagen und Nächten. Mit auf und ab schwingenden Armen deutete er hinüber, dorthin, wo die Morgenwolken niedrig über der Erde hingen.

»Ein Baum! Ein Baum!« heulte ein baktrischer Eseltreiber.

»Sieben Gefäße stell' ich hin, darunter stell' ich Kalmus, Zedernholz und Simgar,« stammelte Nersar, der von Freude besessen, sich um sich selber drehte, »sieben Gefäße für dich, Göttin des Lebens, sieben Gefäße.«

»Wüstentrug,« klagte eine hoffnungslose Stimme.

Hunderte standen mit bleichen Stirnen und stierten hinüber, ungewiss, was sie glauben durften. Langsam ging eine Anzahl weiter, Schritt für Schritt, Mann neben Mann, kein Auge von dort abgewandt, als fürchteten sie, alles könne sich wieder in Rauch auflösen, wenn sie einmal zu Boden sähen.

Aber deutlicher tauchte das hügelige Land empor, das grünbewachsene, im Morgenlicht rosig erglühende . . .

Die Alexander die Nachricht brachten, schluchzten vor Entzücken. Er teilte die freudige Bewegung nicht. Eine Weile blieb er regungslos stehen. Dann bückte er sich, nahm eine Handvoll des feinen, dünnen, gelblichen Sandes und schaute zu, als es wie Wasser schnell wieder durch die Fugen zwischen den Fingern rann.

Erstes Kapitel

Das Diadem

Es war in Susa zu Anfang des Frühlings. Vor drei Tagen war das Heer aus der hohlen Persis angekommen. Das Gedächtnis jedes einzeln Mannes, war noch schwer beladen durch das fürchterliche Strafgericht, das Alexander in Persepolis abgehalten hatte. Statthalter, Richter, Generäle, Steuerverwalter, die meisten, denen er Vertrauen geschenkt, hatten seine lange Abwesenheit in Indien zu schändlichen Erpressungen und Vergewaltigungen benutzt, hatten sich durch Ungerechtigkeit bereichert, gemästet, verhärtet. Alexander hatte die Betrüger, Empörer, Tempelräuber und Städteaussauger zusammentreiben lassen, Griechen, Makedonier und Barbaren, – gleichviel, wer immer es war. Wie eine Furie war er unter sie gefahren, wie eine brennende Peitsche traf sie sein Zorn, und die verbrecherischen Häupter fielen durchs Schwert. Ein Schauder durchzuckte alle Herzen, wer ein Amt besaß, zitterte, hielt Abrechnung mit sich selbst und seinen Taten, als diese grelle Fackel der Rache und Gerechtigkeit im Osten des Reichs emporflammte. Noch zuletzt war die Schändung des Kyrosgrabes zu Pasargadä entdeckt worden. Die goldenen Gefäße, die Weihgeschenke, das Diadem von unermesslichem Wert waren gestohlen, die Wachehaltenden Mager erschlagen und ihre Leichname zerfetzt worden. Man ahnte, dass sich der Übeltäter noch unentdeckt mitten im Heer befand.

Vom Morgengrauen bis Mitternacht waren die Straßen von einer flutenden Menge erfüllt. Makedonier, Thessaler, Griechen, Thraker, Lyder drängten sich um die Basare und zum Markt der phönikischen Kaufleute, Sterndeuter, Wahrsager, Ärzte, Hetären, Sklaven, Verschnittene, Schauspieler, Sophisten, indische Gaukler, syrische Tänzer, Athleten und Faustkämpfer, – ein unabsehbares Gewühl, in den buntesten Farben zuckend, voll der befremdlichsten Gesichter und der unverständlichsten Laute. In den weiten Toren der Stadtmauer hockten die vornehmen Susianer und unterhielten sich von den bevorstehenden großen Hochzeitsfeierlichkeiten, denn Alexander wollte sich mit der Prinzessin Stateira und seine Freunde mit den edelsten Perserinnen vermählen.

Oben in der großen Säulenhalle des Palastes lagerte ein Teil der königlichen Edelscharen. Faul und wohlgelaunt waren sie zu Hunderten auf Felle, Mäntel und gestickte Decken hingestreckt, und die gewaltige Halle erbrauste von ihren Gesprächen. Die Lanzen standen in Gestellen um die Säulen; die Erzhelme, blitzend wie Glas in der hereinfallenden Abendröte, lagen ohne Ordnung auf den marmornen Fliesen zwischen Trinkschalen, Amphoren, persischen Emailgefäßen und mit Früchten und Kuchen beladenen Dreifüßen. Unter dem Zedernholzgebälk des Daches herrschte schon tiefes Dunkel, und es war, als ob sich der Abend von dort aus herniedersenkte über die wunderlichen Säulenkapitäle aus doppelten, groß gehörnten Stierköpfen und herabglitte über die zarten Lotosornamente der Seitenmauern, über das Bild Auramazdas im geflügelten Ring, über die halberhabene Steinfigur eines Königs. Geisterhaft belebt war dies Bildnis; im engen modischen Gewand, die Tiara auf dem Haupt, in der rechten Hand das Zepter, in der linken Hand eine Blüte, schien es sich langsam und traurig aus der Schar der Fremdlinge zu entfernen.

Die fast traumhafte Ausgelassenheit wurde durch einen tumultartigen Lärm gestört, der von der Terrasse heraufdrang. Fünfzehn bis zwanzig Makedonier drängten sich um einen einzelnen Menschen und zerrten ihn unter Drohungen und Verwünschungen die Treppe empor. Von einer lagernden Gruppe erhob sich der Tetrarch Phason und ging auf den Knäuel zu. Mit schallender Stimme gebot er Ruhe. Ein Söldner berichtete atemlos, sie hätten drüben in den Höfen einen Menschen aufgegriffen, einen Makedonier aus der Schar der Gezeichneten, namens Promachos. Er gebe vor, aus Ekbatana zu kommen, und erzähle, dreißigtausend junge Perser seien unterwegs, in makedonische Rüstung eingekleidet und in allen Übungen der Phalanx geschult.

»An dieser Lüge sollen seine ungeborenen Kinder krepieren!« schrie Phason wütend. »Zeigt mir den Kerl.«

Der Ring der Söldner öffnete sich murrend. Phason gewahrte einen jungen Menschen mit unruhigen, verstörten Zügen, dessen Oberkleid von gewalttätigen Händen zerfetzt war. »Nun, Promachos,« höhnte Phason, »hat man dich vielleicht unter die Gezeichneten gegeben, weil du immer die Wahrheit geliebt hast? oder hast du deine Zunge schon früher in den Kot gesteckt?«

»Es ist, wie ich sage,« stammelte Promachos und erhob beschwörend den Arm. Unter dem glühenden Blick Phasons schlug er trotzig die Augen nieder, wich gegen eine Säule zurück, an die er, um sich zu decken, mit dem Rücken lehnte, und rief laut: »Dreißigtausend Perser, ganz wie ihr und ich gerüstet, haben vor fünf Tagen Ekbatana verlassen! Das ist so wahr, wie dort das Hundsgestirn zu leuchten anfängt.« Er deutete gegen den Himmel hinauf und wandte sich dann zu Phason. »Hüte dich, Pelläer,« sagte er finster. »Auch dir wird man Honig ins Gesicht schmieren und dich in die Sonne legen, wenn man deiner Dienste überdrüssig ist. Jetzt gilt Barbarensitte. Nur wer den Boden geküsst hat, darf aufrecht stehen.«

Mit der Wohlgelauntheit war es aus. Murmelnd hatten sich die Söldner erhoben. Durften sie glauben, sollten sie misstrauen? Ungeduld, Angst und Hass übten ihr schweigendes Spiel auf den weinerhitzten Gesichtern. Wollte Alexander sie den Barbaren preisgeben? Vertraute er ihnen nicht oder standen Dinge bevor, bei denen er sie zu fürchten hatte? Manche hingen schon mit drohenden Mienen das Schwert um die Schulter. Sie standen in der schweren, abdunkelnden Röte des Abends, wie mit Blut übergossen.

Phason erkannte die Größe der Gefahr. Er hatte schon manchmal dies dumpfe Grollen des Aufruhrs vernommen. Mit Worten war wenig auszurichten. »Glaubt ihr denn,« rief er mit seiner weit tönenden Stimme, die in vielen Schlachten das Zittern der Feinde verursacht hatte, »dass Alexander den Verrat seines schlechtesten Soldaten abgewartet hätte, wenn er selbst Verrat begehen wollte? Eher wird das erythräische Meer nach Susa kommen, als dass Alexander uns verrät.«

»Und es ist doch Wahrheit,« entgegnete Promachos schreiend, bleich bis in die Augensterne.

Mit rasender Geschwindigkeit riss Phason das Schwert aus der gebuckelten Scheide und stieß es dem Promachos mit solcher Gewalt durch den Hals, dass die Spitze, neben dem Nackenwirbel herausfahrend, in der Marmorkanellierung der Säule schrill klirrend abbrach. Ein dicker Blutstrahl schoss im Bogen empor und bespritzte die Umstehenden. Promachos fiel um, gurgelnd, als ob sein Mund voll Wasser wäre. Er fuchtelte mit den Armen halt suchend durch die Luft und wälzte sich röchelnd von einer Seite auf die andere; dann krallte er, wie um Luft zu bekommen, seine Finger in den Linnenpanzer über der Brust, und so entsetzlich war seine Anstrengung, dass er das Gewand zu durchreißen vermochte. Von niemand beachtet, fiel ein schimmernder Gegenstand auf den Stein des Fußbodens, mitten in die Blutlache. Die Hand des Sterbenden tastete danach, bis sie mit dem übrigen Körper erstarrte.

Die Röte des Abendhimmels, begann unter dem Andringen großer Wolken zu ersticken. Aus der Tiefe der Halle, dem Verbindungsgang zum Palast, kamen Sklaven mit Fackeln; sie steckten die ehernen Schäfte in die Halter an den Säulen. Ein Söldner, der an der Leiche des Promachos stand, hob das blitzende und blutbesudelte Ding auf, das dem Getöteten entfallen war. Überrascht wollte er es den anderen zeigen, als der

Mager Osthanes, der hier in der Halle Alexander erwartete, neben ihn trat und ihm mit großer Erregung den Gegenstand entriss. »Das Diadem!« rief er aus.

Verstört drängten sich die Söldner heran.

»Der Schuldige hat seine Schuld gebüßt,« sagte der Priester, auf die Leiche weisend. »Aber nichts vermag den Achämenidenkönig zu versöhnen; todbringend muss sein Diadem von Haupt zu Haupt wandern.«

Die Söldner erschienen sich den rachsüchtigen Göttern der Barbaren rettungslos preisgegeben. Furchtsam betrachteten sie den Mager. Osthanes genoss den Triumph, der in dem Schweigen um ihn her lag. In seinem langen Gesicht hing ein Bart schwarz wie Pech und glänzend wie Seide. Durchbohrende Augen leuchteten durch die struppigen Brauen wie glühende Kohlen durch die Stangen eines Feuerrostes. Seine Gesichtsfarbe war das dunkelste Braun, seine Zähne waren weiß wie das Fleisch der Mandel. Nie hat er gelächelt, niemals kann er lachen, kein grauenhafteres Wesen war zu denken, wie er so im Fackellicht stand, die Baresmastäbe in der Hand, die heilige Schnur um den Nacken, die hohe Tiara auf dem Kopf. Die Söldner waren so betäubt, dass sie nicht einmal Alexander bemerkten, der mit Hephaistion und Eumenes in die Halle getreten war. Ihre Blicke waren ganz von dem Diadem gefesselt, das der Mager vor sich hielt und mit düsterem Ausdruck besah.

Auf goldenem, eirundem Grund zwischen zwei goldenen Bändern waren vierundzwanzig Diamanten von blendendem Feuer befestigt. Diese waren umgeben von einem dichten, dreifach geschlungenen Kranz aus Smaragden und Rubinen, und um diese wieder lief ein Saum von Kornalin, auf dem zwölf Stiere in schreitender Stellung eingraviert waren, in ihrer Mitte das Symbol des Lebens. Den oberen Rand krönte ein kunstvoller Strauß birnenförmiger Perlen, jede so groß wie ein Fingernagel. Es hieß, diese Perlen seien die erstarrten Tränen der Göttin Anahita, die sie um den Helden Rustem geweint.

Der Mager schritt vor Alexander hin, warf sich nieder und berührte mit der Stirn den Boden. Alexander und Hephaistion trugen beide das unscheinbare makedonische Gewand; Hephaistion war viel größer von Gestalt, aber Alexanders Gesicht und Kopf waren von so mächtigen Formen, dass er dadurch alle zu überragen schien. Seine Augen schweiften über die versammelten Edelscharen, als wollten sie den aller tiefsten Grund jeder Brust kennenlernen. Die Söldner zitterten vor diesem Blick, die Glieder zitterten ihnen, wenn er sie so anschaute, trotzdem seine Züge ruhig, ja sogar freundlich waren.

»Nie möge dein Schatten sich mindern, Herr,« sagte der Mager, indem er aufstand. »Haoma schütze dich, das schönste Wesen vor den Augen Zarathustras. Der Räuber des geweihten Grabes ist entdeckt.« Er hielt das Diadem empor. Alexander nahm es aus seiner Hand und betrachtete es in tiefem Staunen.

»Wirf es weg, Alexander!« rief auf einmal eine Stimme, »der Mager weissagt den Tod aus seinem Besitz.«

»Es ist wahr,« sagte der Mager ernst, »ehe siebenmal der Mond sich erneut, muss der sterben, der das Diadem trägt.«

Von Neuem betrachtete Alexander das strahlende Kunstwerk in seiner Hand. Ein flüchtiges Lächeln bewegte seine Lippen, sein großer Blick verlor sich langsam in den Raum. Sterben müssen? ... Fremd und fern war ihm der Begriff des Todes. Schien ihm doch die Welt nur um seinetwillen auferbaut und dazustehen, um seinetwillen wimmelte die Menschheit. Schien es doch, als ob ungezählte Tausende nur deswegen den Tod empfangen hatten, damit er stärker und voller leben könne; was sie verloren, nahm er in Besitz. Hatte er an das Sterben gedacht, als es in den Schluchten Baktriens Felsblöcke von den Höhen regnete und rings um ihn die besten Männer zerschmettert wurden? als vor Tyros die Schiffe zu brennen anfingen und das Meer mit verkohlten Leichnamen bedeckt war, zwischen denen er hindurchschwimmen musste? als in Indien der Giftpfeil in seine Brust drang und er verblutend zur Erde stürzte? Er hatte niemals an den eigenen Tod gedacht. Die kündende Gewalt des Schicksals prallte kraftlos an seinem Innern ab. Und nicht die Jugend verursachte dies, nicht der stürmische Wille, der unaufhaltsam von Ding zu Ding, von Ereignis zu Ereignis sprang, nicht die spürbare Wärme des Blutes, das fühlbar pochende Herz, das schallende Wort, die sichtbare Welt und alles, was man greifen und schmecken kann. Es war etwas anderes, Ungreifbares, Geheimnisvolles; es baute Brücken über den Tod hinaus, es kannte kein Ende aller Enden, keinen letzten Weg, keine letzte Tat; Rausch und Taumel war sein Wesen, ein Sichaufrecken bis unter die Sterne, ein Verachten der gemeinen Lose, ein Fernhalten des Alltäglichen, Allstündlichen, – Unsterblichkeitswollust. Oft war es wie ein Prunktraum um Alexander, wenn die Schwerter klirrten und die Schilde klapperten und die Erde vom Schritt der Armeen dröhnte und der Himmel vom Brand gerötet war; oft hatte er beim Geschrei der Sterbenden Lust verspürt, sich mitten unter sie zu setzen und den Homer zu lesen.

Ein unbeschreibliches Schweigen herrschte in der gewaltigen Halle, als er die Wieselfellmütze vom Kopf nahm und mit Ruhe das Diadem daran festband. »Nun, Osthanes,« wandte er sich an den Mager, »befrage deine Stäbe.« Ihn kitzelte das Verlangen, die fremden Götter zu reizen und herauszufordern.

Osthanes öffnete den Köcher und warf die Tamariskenstäbe auf die Erde. Lange betrachtete er die wirren Figuren, die sie bildeten, dann verbarg er das Gesicht in den Händen. Die Söldner drängten sich heran. Alexander lächelte.

Eumenes hatte die Leiche des Promachos gesehen und machte Alexander aufmerksam. Phason berichtete mit nackten Worten, was vorgefallen war und weshalb er den Elenden mit eigener Hand gerichtet. Er war seiner Sache nicht ganz sicher, und als er geendet, starrte er wie gebannt auf Alexanders Lippen. Aber Alexander antwortete nichts. Er schaute in das verzerrte Gesicht des Toten, dann erhob er den Blick, der einen kalten und gläsernen Ausdruck gewonnen hatte, und heftete ihn erst auf Phason, dann auf zwei, drei andere der umstehenden Makedonier. Es war ein stummer schneller Kampf zwischen ihnen, aber Alexander hatte bald gesiegt, die Blicke, die er aufgefangen hatte, krümmten sich und suchten den Boden. Nun grüßte er die Söldner mit einem Kopfnicken, fasste Hephaistion unter den Arm und ging mit ihm gegen die Terrasse.

Im Schatten der riesenhaften menschenköpfigen Marmorstiere blieben sie stehen. Gleich grünlich-blauem Kristall, aber zart und leicht, bog und hob sich der Himmel von der Ebene im Westen bis zu den schwärzlichen Hügeln im Osten hinüber. Aus dem Park schallte das Gebrüll eines Löwen. Den Blumen und Obstgärten entströmten berauschende Gerüche. Das Wasser des Flusses schimmerte in den Mondstrahlen wie ein unbewegliches, launisch verbogenes Silberband, die Ulmen und Platanen, die seine Ufer säumten, bewegten kräftig rauschend ihre Kronen.

Zweites Kapitel

Die Hochzeitsfeier

Am andern Tag fand die den Makedoniern versprochene Schuldenzahlung statt. An vielen Stellen des Lagers wurden große Tische aufgestellt und Hunderte von Sklaven schleppten aus dem Palast goldgefüllte Säcke herüber. Zuerst kamen die Makedonier nicht; sie fürchteten, Alexander wolle nur die Verschwender kennenlernen, um sie nachher ihren Leichtsinn doppelt entgelten zu lassen. Da verkündeten die Herolde, dass keiner seinen Namen nennen oder aufschreiben müsse, es genüge, wenn sie den Schatzmeistern die Höhe der Summe und den Gläubiger angäben. Dies stolze Vertrauen schmeichelte den Soldaten, und die meisten verschmähten es, Vorteile zu erlangen, wo die Gelegenheit zu List und Betrug allzuleicht war. Doch eine vibrierende Missstimmung verschwand nur bei jenen, die sich sogleich wieder zum Trinken lagerten oder ihren Ausschweifungen ergaben. Die andern liehen den herumschwirrenden, kaum zu fassenden Gerüchten das Ohr. Ein grauer Regenhimmel hatte sich über Stadt und Lager verwoben, und sie betrachteten das Verschwinden der Sonne als ein böses Zeichen. Dass sie von den drückenden Schuldenlasten erlöst waren, erleichterte oder befriedigte sie nicht im geringsten; nur die Wünsche hatten noch Reiz für sie, jede Erfüllung war zugleich eine Enttäuschung. In nüchternen Stunden waren sie die unglücklichsten aller Menschen; der Freund fürchtete im Freund einen Verleumder und Verräter, sie wagten nicht mehr, ihre Gedanken in Worte umzusetzen, an die guten Götter glaubten sie nicht mehr, und die Mächte des Bösen fürchteten sie bis zum Wahnwitz; zu jeder Minute fühlten sie sich preisgegeben; da sie einem fremden Leben niemals den geringsten Wert beigemessen, sahen sie auch das eigene beständig vor dem Abgrund des Todes taumeln. Durch das lange Fernsein von der Heimat waren auch diejenigen entwurzelt, die einst aus dem mütterlichen Boden Kraft und Beständigkeit gesogen hatten; in ihnen war kein Glauben, kein Vertrauen, keine Hoffnung, keine Freude, keine Festigkeit, kein wahrer Ernst. Die Schlacht entflammte sie zum Blutdurst, wie der Wein zur Trunkenheit, und ohne Schlacht und ohne Trunkenheit waren diese Abertausende von erwachsenen Männern wie traurige Bestien, müde an sich selbst, müde an der Welt, aufgeregt durch schwere Träume, gepeinigt von maßlosen, aber leeren Begierden, willenlose Werkzeuge für jeden fremden Willen.

So geschah es auch, dass unter den Edelknaben plötzlich eine Verschwörung gegen das Leben Alexanders ausbrach. Eigentlich um nichts, – die Sonne brütet Maden aus, der Sumpf treibt Blasen, die der leichteste Luftzug zerplatzen lässt. Aus einem trägen Knabengehirn war ein träges Gelüst aufgestiegen, empfangen im übersättigten Behagen, geboren und gehegt in der stachelnden Langeweile einer dumpfen Seele. Der eine fand einen zweiten, und auf dem Bett unnatürlicher Liebe reifte der Entschluss. Wenn die Verwegenheit von Männern nach dem Höchsten greift, wird ihre Tat im Feuer der Leidenschaft geglüht, aber diese vorzeitig ins wilde Leben gerissenen Knaben erlagen ihrem tückischen Trieb wie einer Krankheit. Ein raues Wort Alexanders gab den letzten Anstoß. In der Nacht der Hochzeiten sollte der Plan ausgeführt werden, am Morgen vorher wurde Hephaistion durch einen Sklaven benachrichtigt, der ein verdächtiges Wort während des Bades der Edelknaben aufgeschnappt hatte. Hephaistions erste Sorge war, alle Kunde von Alexander fernzuhalten und das giftige Gewebe in der Stille zu zerreißen. Wenn er davon erfuhr, dann war es aus mit den festlichen Tagen, noch ehe sie begonnen, dann geschah es wie damals in Baktra, dass mit drei Schuldigen dreihundert Unschuldige fielen, dass wochenlang das Gespenst des Verrates alle Lippen verschloss, dass Alexander, rasend gegen Freund und Feind, das Beispiel eines entfesselten Dämons gab. Deshalb pries Hephaistion den Glückszufall, der ihm das Geheimnis entschleiert hatte, und ohne eine Minute zu säumen, entfaltete er eine fieberhafte Tätigkeit. Den Sklaven, dessen Mitwissen unbequem war, schickte er mit Aufträgen nach Babylon. Die beiden Edelknaben ließ er gefangen setzen und befahl, sie zu foltern, denn er brauchte Geständnisse, um die Ausdehnung des verbrecherischen Anschlags kennenzulernen. In seiner Gegenwart wurden die Knaben entkleidet und noch einmal in Milde befragt. Sie schwiegen. Nun wurden sie an Pfähle gebunden und ihre Haut wurde mit glühenden Eisenspitzen durchbohrt. Es waren halbe Kinder, ihre Sündhaftigkeit war keiner Probe gewachsen, sie versprachen, alles zu gestehen, und Hephaistion blieb mit ihnen allein.

Sie erzählten. Ihre Beichte trug den Stempel der Wahrheit, jedes Wort war in Tränen gebadet. Wie es gekommen, warum es gekommen, wussten sie nicht zu sagen. Hephaistion schauderte bis ins Mark hinein, als sie anfingen, Namen zu nennen; er schauderte und staunte über den Umkreis, den der finstere Plan in der Kürze der Zeit gezogen hatte. Manche hatten sich herzugedrängt, die nicht einmal wussten, was im Werke war, sie rochen es in der Luft, kamen nur aus dem dumpfen Trieb zur dunklen Tat, aus verruchter Neugier, aus Veränderungssucht. Da

waren Leute, denen Alexander nur Gutes erwiesen, Männer von schein-
bar erprobter Treue, die man sonst als Freunde, als Kameraden hoch-
schätzen durfte, und nun!

Warum? warum?

In Hephaistions Innern verging alles Licht. Er wurde an sich selbst irre.
Er hasste den Boden, den sein Fuß betrat, die Luft, die sein Mund atmete.
Doch er durfte sich den gefährlichen Regungen nicht hingeben; klar und
rasch im Urteil, begann er zu handeln. Er ließ die zwei Knaben auf der
Stelle erdrosseln, ihre Leiber in einer Sänfte außerhalb des Lagers schaffen und in seinem Beisein verscharren. Zurückgekommen, schickte er
Boten herum und beschied die andern Verschwörer, es waren neun an
der Zahl, zu sich in den Palast. Als sie kamen, ertönte im Lager schon die
Hochzeitsfanfare. Er begab sich mit ihnen in einen abgelegenen Raum
und redete sie an. Er machte ihnen weder Vorwürfe noch zeigte er ihnen
seine innere Betrübnis, noch erinnerte er sie an die Wohltaten, die sie
von Alexander empfangen hatten, sondern er erzählte ihnen eine kleine
Parabel.

Einer der persischen Großen trachtete einst seinem König nach dem
Leben und zettelte eine Verschwörung an. Da kam ein Einsiedler aus Syrien zu diesem Mann und brachte ihm einen Schädel, einen ganz gewöhnlichen Schädel von einem Totengerippe. Was soll ich damit? fragte
der Mann. Wäge ihn und bewahre ihn, erwiderte der Einsiedler. Der
Perser ließ eine Wage kommen und legte den Schädel auf die eine und
Gewichte auf die andere Schale. Aber sonderbar, der Schädel war schwerer als alle Gewichte, die man auftreiben konnte, es wurde nichts gefunden, was ihn aufgewogen hätte. Als man darüber ganz ratlos geworden
war, nahm der Einsiedler eine Handvoll Staub und verstopfte damit die
Augenhöhlen des Schädels. Und da erhob sich plötzlich der Schädel,
obwohl nur ein kleiner Stein auf der andern Schale lag. Der Perser wurde
darüber sehr nachdenklich, und von der Stunde an ließ er ab von seinem
schwarzen Vorhaben.

Die Wirkung der simplen Geschichte war erschütternd. Vielleicht war
Hephaistions Ruhe schuld, seine Vernunft, seine Klarheit, seine Einfach-
heit. Die neun Männer gerieten ganz außer sich, sie wehklagten, rauften
ihre Haare, weinten, warfen sich auf den Boden und überließen sich ohne Ausnahme dem Schmerz ihrer Scham und Reue. Als sie sich ein wenig beruhigt hatten, da gebot Hephaistion, jeder solle den Oberarm ent-
blößen und mit dem Schwert ein blutiges Mal in die Haut ritzen, und jeder solle das gleiche Zeichen eingraben zum Andenken an diese Stunde,

damit sie bei künftigen Versuchungen durch einen Talisman gefeit seien. Das geschah, und darauf entließ er die Männer zum Feste.

Er selbst eilte ins Bad, ließ sich abreiben und salben und mit dem reichen Perserkleid schmücken. Es war spät. Der Zug der Bräute war schon aufgebrochen. Sein Fernbleiben konnte nicht unbemerkt geblieben sein. Mit überstürzter Hast, sodass seine Sklaven weit zurückblieben, verließ er den Palast. In der Hauptgasse des Lagers geriet er in ein so dichtes Menschengewühl, dass er eine Zeit lang weder vor- noch rückwärts konnte. Einige Griechen, die ihn erkannten, halfen ihm heraus. Doch auch die Seitenwege zwischen den Zelten waren voll von Menschen, die freien Plätze voll von Kaufleuten, Sängern, Tänzerinnen und Komödianten. Wie Orkanbrausen war das Getöse der Stimmen, die vielfachen Rufe, das Weibergeschrei, das schmeichlerische Girren der Perser, die düstere Sprache Babylons, die dumpfen Laute Thessaliens. Da war der Libyer im Lederwams, der dunkelfarbige Sohn Gedrosiens, der zierlichwürdevolle Araber, der ernste Meder, der Inselbewohner vom Roten Meer mit Goldstaub in den Haaren, der bewegliche Parther, der wilde Hyrkanier, der bäurisch plumpe Paphlagonier, der Arkader mit der Ledermütze, und wie sehr auch alle in Bildung und Gehaben verschieden waren, ein Zug war ihnen gemein: jedwedes Gesicht zeigte den Ausdruck der zügellosen Lüsternheit, des Rausches um seiner selbst willen, einer seelenlosen Ekstase. Fast alle Augen hatten einen unheimlich starrenden Ausdruck; es war bei all dem frechen Überschwang etwas angstvoll und angespannt Horchendes in den Gesichtern; ihre Rauheit war nicht kriegerisch, sondern glich der von Helfershelfern bei einer Schandtat.

Hephaistion hatte es längst gewusst, aber seine Beobachtung war nie von solcher Furcht begleitet gewesen. Mit heftiger Anstrengung schüttelte er das Nachdenken von sich ab. Seine Sklaven hatten ihn eingeholt, liefen schreiend vor ihm her und bahnten eine Gasse im Gewühl. Vor dem großen Hochzeitszelt ertönte zum dritten Mal die Fanfare. Durch ein Spalier von siebenhundert Edelsöldnern in purpurnen Gewändern zogen die persischen Bräute ein, voran die Fürstentöchter mit Kronen im Haar.

Das riesige Zelt, in dem sich mehr als zehntausend Menschen befanden, ruhte auf achtzig vergoldeten und versilberten, mit Edelsteinen ausgelegten Säulen. Von blinkenden Elektronstäben hingen kostbare Teppiche herab. Die Ruhelager hatten goldene Polster und goldgestickte Purpurdecken. Als Hephaistion eintrat, wurden von den Makedonien an der Hochzeitstafel schon die Brote mit dem Schwert zerteilt, das Ende der Vermählungshandlung, und die Perserinnen entschleierten sich. Fremd und wunderbar tauchte manches schmale Gesicht auf, die Augen von mineralischer Schwärze, ein Traumlächeln auf unbeweglichen Scharlachlippen. In Gebärden und Worten schienen sie willig, der befohlenen Liebe geneigt, doch manche der kleinen glatten Elfenbeinstirnen bebte von düsterer Erinnerung. Die eine hatte durch denselben Mann, den sie jetzt umarmen sollte, ihre Brüder verloren, die andere gedachte der Mutter, die auf den Trümmern des heimatlichen Hauses geschändet und erschlagen worden, die dritte sah die Stadt, in der sie geboren, in Flammen stehen, die Schätze geraubt, die Tempel erbrochen, die heiligen Bücher fortgeschleppt. In ihrer Fantasie lebten noch die Bilder zertretener Saaten, verwüsteter Dörfer, verwesender Leichname von Kindern und Greisen. Ihr Mund lachte und regte sich dem Kuss entgegen, doch ihre Blicke flohen den Schauplatz aberwitziger Freuden. Neben Alexander saß Stateira, die Tochter des unglücklichen Dareios. Sie war in herrliche babylonische Gewebe gekleidet, über ihre Schläfen liefen Perlenschnüre, um den Hals trug sie an silberner Kette ein Amulett, das vor üblen Träumen schützte. Ihr Gesicht war von einer merkwürdigen bösen Regungslosigkeit. Vielleicht dachte sie an ihre Nebenbuhlerin Roxane, die im Königspalast zu Babylon auf Alexander wartete. Bisweilen tauschte sie einen schnellen Blick mit Drypetis, ihrer Schwester, die für Hephaistion bestimmt war und die wie eine scheue Sklavin sinnlich beunruhigt vor sich hinlächelte.

Hephaistion kam. Alexander, er saß gegenüber, schaute empor. Ein einziger Blick zwischen beiden, und Hephaistion wurde bis in die Lippen bleich. Er weiß alles, dachte er erstarrend. Ja, Alexander wusste von dem Anschlag und wusste auch, dass Hephaistion davon unterrichtet war. Im Gedränge der Vorhalle, nach dem Frühstück, war ihm ein Zettel in die Hand gespielt worden. Wahrscheinlich war es einer der Übeltäter selbst gewesen, hatte den Genossen und dem Verratenen zugleich dienen wollen; kein Auge hatte ja noch ein festes Ziel, noch weniger irgendein Herz einen Mittelpunkt, zu jeder Stunde geschah gerade das Unerwartete, ein Luftbild, ein Nichts zerstörte die feste Abrede zwischen Freunden, und wer die letzte Sprosse auf der Leiter seiner Wünsche erklimmen wollte, verlor lieber sich selbst als die gute Gelegenheit. Bleiern und lähmend spürte Hephaistion, wie das Misstrauen in Alexander tobte, sodass er nur mit Anwendung aller Kraft an sich halten, den Zutrinkenden danken, den Fragern antworten konnte. Manchmal flog sein Blick fragend zu Hephaistion hinüber, aber Hephaistion war zu stolz, diesen vermessenen Argwohn zu stillen. Er schwieg und tat, als bemerke er nichts. Aber er musste es immer deutlicher gewahren, wie Alexander litt, wie er die Zähne aufeinander rieb und an den Lippen nagte, wie er mit beiden Händen die dichten Haare gleich einem geduckt Lauschenden gegen die Ohren hielt, wie sein Auge dahin und dorthin flog, wie seine Faust krampfhaft und immer krampfhafter den Becher umklammerte, wie durch jedes Wort, das er sprach, die knirschende Wehklage tönte: Seht, auch Hephaistion hat mich verraten, Hephaistion ist im Einverständnis mit denen, die mir nach dem Leben trachten . . .

Nackte Knaben liefen hin und her; sie schöpften Wein aus den großen Behältern in die kleineren Amphoren. Sie kletterten wie Zwerge an ehernen, auf kolossalen Statuen ruhenden Kratern herum, die mit dunklem kalydonischen Wein gefüllt waren. Sie trugen die auf Würfeln ruhenden Eimer, die mit Inselweinen gefüllt waren, zu den Tischen. Wie beflügelt eilten sie dahin mit ihren Trinkhörnern, Schöpfgefäßen, Doppelbechern und Schalen aus Onyx, Achat, Alabaster und Porphyr. Seltsam wie das Rascheln vieler kleiner Tiere im Gras klangen ihre Schritte auf dem mit Blüten und Laubwerk bedeckten Boden. Lange Züge von Sklaven reichten die Speisen: das gebratene Fleisch kappadokischer Schafe, Rinderkeulen am Spieß gebraten, Vögel auf phönikische Art zubereitet, seltene Fische aus dem Schwarzen Meer, flache Gerstenkuchen aus Babylon, euböisches Obst, bernsteinfarbene Riesendatteln aus den karäischen Dörfern, ägyptischen Käse und sizilische Leckereien.

Alle, die in Alexanders Nähe waren, wurden jetzt aufmerksam und verfolgten mit wachsender Unruhe das aufregende Spiel seiner Mienen. Da suchte auch der Unschuldige in seinem Innern nach einer Schuld und der nicht ganz Reine gedachte seines Makels. Sie peitschten deshalb ihre Laune an, warfen mit prahlerischen Worten um sich, schlangen die Arme um die Frauen; der graubärtige Krateros richtete sich vom Lager empor, wie ein Satyr tauchte er auf mit weinschmatzendem Mund, pries lallend Alexander, riss ein Stück der Rosengirlanden von der Säule nebenan und warf es Alexander zu. Der einzige Perdikkas bewahrte seine Besonnenheit. Seine Augen sahen aus wie gefroren, ihn gelüstete es unaufhörlich nach blutiger Abrechnung, und über diesem Verlangen trug er die Maske der Gerechtigkeit; stets zu Anklagen fertig, war ihm der Ton friedlich scherzenden Genusses lästig, und nur eine Stunde wie diese spannte seine Erwartung höher.

Plötzlich erhob sich Alexander. Er schloss die Augen, sodass das Gesicht wie schlafend aussah, und die Stimme brach dunkel aus den bebenden Lippen: »Hast du mir nichts zu sagen, Hephaistion?«

Ringsum entstand jähes Schweigen. Hephaistion schüttelte den Kopf und verneinte stolz und entschlossen. Da öffnete Alexander die Augen. Sein Blick flackerte. Er riss mit der Linken das Diadem vom Kopf, beugte sich hinüber und legte den königlichen Schmuck mit einer wildverachtungsvollen Gebärde, ganz außer sich vor Groll und Gram, Hephaistion um die Stirn, als wolle er sagen: wenn du mich verraten willst, dann will ich nicht mehr Herr sein, dann sei du es.

Feierliche Ruhe breitete sich aus. Die Speiseträger blieben stehen, die Musiker unterbrachen ihr Spiel, die Witzlinge stockten in ihren Zoten, die Knaben hörten auf, ihre von Wohlgerüchen dampfenden Schalen zu schwingen, den Tänzerinnen entsanken die Schleier, den Trinkenden die Pokale. Hephaistion drückte die Hand auf die Brust, als schmerze es ihn im Innern. Er war wie eine Bildsäule anzusehen, doch schaute er mit einem aufmerksamen und fragenden Blick zu Alexander empor.

Durch die Eingänge und oberen Lichtöffnungen des Zeltbaues strömte die Glut des Sonnenunterganges. Sie färbte die Gesichter von Männern und Frauen dunkelrot, überzog die ölglänzenden Leiber der Weinmischer, durchleuchtete die Alabasterkannen, dass sie wie mit Flammen gefüllt aussahen, spielte im Geschmeide und im Gold der Gewänder, umlohte die hohen Säulen und verbreitete, als die Sonne in der Falte zwischen Himmel und Ebene versunken war, eine rosige, bewegliche, schwere Dämmerung. Vor dem Hauptausgang entstand eine stauende Bewegung unter den Menschenmassen, ein heftiges Drängen nach einem Punkt. Ein Ruf drang von draußen herein, oft wiederholt und sich steigernd im Ausdruck: »Der Inder! Der Inder!« Die blinde und treibende Menge riss einen der mächtigen Wandteppiche des Zeltes ab und wälzte sich gegen die Tische. Die Gäste erhoben sich. Viele, durch die Sonnenröte geblendet, hielten die Hand vor die Augen. Der Himmel erschien jetzt wie geöffnet, er war so mit Purpur übergossen, dass der herabflutende Glanz die Bäume, die Wasser, die Gräser und die Steine färbte; um die Tiefe des Horizonts aber lief ein gläserner, smaragdgrüner Saum, auf den sich die ganze Himmelswölbung wie eine von Blut rauchende Glocke stützte.

Hephaistion blickte hinaus. Dann griff er langsam nach dem Diadem und gab es Alexander lächelnd zurück. Es war ein herrliches Lächeln voll Bittersüße und vermochte mehr als alle Worte der Welt, mehr als Beteuerungen und Beweise, denn es enthielt mehr, es enthielt die Zusage des Vergessens dieser Stunde. Alexander schämte sich, er errötete und schämte sich.

Die meisten begriffen nicht, was vorgegangen war. Sie hatten gehofft, nun sei es vorbei mit Hephaistion; die unerwartete Wendung erweckte Erstaunen und Unwillen. Doch ihre Aufmerksamkeit wurde durch den Tumult abgelenkt, der draußen entstanden war.

Eine Anzahl Soldaten, Makedonier, Kreter und Epiroten hatte ein Gerüst erbaut und es als eine Art riesigen Wagens von sechzehn Pferden durch das Lager ziehen lassen, während sie oben ruhten, vom grünen Gezweig überschattet, ununterbrochen schmausten und aus zusammengebundenen Schläuchen tranken. Ihre nackten Weiber saßen dabei, jubelten zum Saitenspiel und tanzten um einen gewaltig großen Phallos. Da war ihnen ein langer Zug von Kindern entgegengekommen, an der Spitze der Inder Kondanyo. Er hatte sich der verwahrlosten, hungernden, obdachlosen Geschöpfe angenommen, deren Eltern bei dem Wüstenzug das Leben verloren hatten, und wollte sie zu Alexander führen, damit er sich ihrer erinnere in der Stunde des Glücks. Aber der Wagen der Söldner versperrte den Weg zum großen Zelt; auf der einen Seite war der Fluss, auf der andern lagen in hölzerner Umzäunung die Opfertiere. Die Soldaten schleuderten Verwünschungen und Flüche herab, die wilden Pferde vor dem Schaugerüst drohten die Kinder niederzustoßen, da trat Kondanyo vor den Wagen. Er trug ein härenes Gewand, war bloßfüßig und sein weißes Haar hing unbedeckt bis auf die Schulter. Die Söldner fingen an zu spotten. Aber das Gesicht des Alten zeigte einen so befremdlichen Ausdruck von Güte, eine solche todesüberlegene Kraft, dass ihre Witze zu Boden fielen wie vom Blitz versengte Vögel.

Alexander wandte sich dem Ausgang des Zeltes zu. Hephaistion trat an seine Seite. Jetzt beschloss er zu reden, und er hoffte von der günstigen Stimmung, dass Alexander das Geschehene leicht nehmen würde, denn er schien ganz von Tat entlastet, vom treibenden Feuer des Willens gelöst, schien im tiefsten Genuss seiner selbst völlig dem Augenblick ergeben. Bezaubernd war die Milde seiner Miene und das feuchtaufblickende, schmachtende Auge. Hephaistion begann also seine Erzählung, aber er kam nicht bis zum dritten Wort. Alexander nahm den Ring vom Finger und drückte das Siegel zum Gebot des Schweigens auf Hephaistions Mund, und beide empfanden es, wie sich am Missverständnis das Leben entzündet.

Indessen waren sie hinausgetreten. Die Menge machte Platz. Kondanyo gewahrte Alexander und löste sich aus der Schar der ihn ängstlich umdrängenden Kinder. »Verkünde mir Gutes, du Seher!« rief ihm Alexander lebhaft entgegen.

Kondanyo neigte sich und erwiderte sanft. »Selig sind, die nicht hassen, Alexander. Selig sind die Armen, süß ist die Einsamkeit. Besseres kann ich nicht verkünden.«

Alexander blickte sinnend in die halb verglommenen Abendgluten. Er suchte nach einer Antwort für den Inder, aber es zeigte sich, dass alles, was er hätte sagen können, leer und haltlos war. Er hatte die eigentümliche Empfindung, als ob ein gewaltiges Wesen vor ihn hinträte, um ihn nach dem Ziel seiner Handlungen zu fragen, jedoch in einer Sprache, die er nicht verstand.

Die Nacht sank herab.

Vor den Zelten glühten die Hornlaternen, in den Becken brannten Flammen, Fackeln flackerten und allmählich wurde es stiller im Lager. Von der Ebene her waren drei dürftig aussehende Reiter vor die königliche Halle gekommen und verlangten Alexander zu sprechen. Man wies sie schroff ab, erst nach langen Unterhandlungen mit dem Obersten der Wache ließ dieser Hephaistion herbeiholen.

Hephaistion kam, und einer der Boten überreichte ihm einen doppelt versiegelten Brief, worin Arrhidäus, der Sohn Philipps und Halbbruder Alexanders in ziemlich erhabenen Wendungen den glücklichen Verlauf seiner Reise von Pella bis Sardes mitteilte und um Übersendung von zwölf Silbertalenten zur Weiterreise ins Lager ersuchte.

Hephaistion zuckte die Achseln und blickte die drei Leute, die inzwischen vom Pferd gestiegen waren, der Reihe nach forschend an. Sie waren sichtlich müde. Ihre Mützen waren zerschabt, die Riemen ihrer Schuhe zerrissen. Plötzlich erinnerte sich Hephaistion an diesen Arrhidäus, er sah ihn: einen dunkelhaarigen dürren Träumer, einen ängstlichen Beiseitesteher und grüblerischen Fantasten. Es floss wie ein Tropfen Unheil aus der sonderbaren Botschaft.

Drittes Kapitel

Liblitu

Arrhidäus war der Sohn des Königs Philipp und einer thessalischen Tänzerin. Er hatte eine armselige, unter Soldaten, Dirnen und Sophisten verbrachte Jugend gelebt. Von seinem Vater nicht anerkannt, oder wenigstens nicht beachtet, von seiner Mutter nicht geliebt, war er stets von Schwelle zu Schwelle gestoßen worden. Was er, eingedenk seiner Herkunft, an Ehren, an Würde, an Entgegenkommen beanspruchte, war ihm niemals auch nur im Mindesten gewährt worden. Er hatte oft nicht Geld genug für die dringendsten Bedürfnisse, er hatte nie einen Freund besessen, nie einen Fürsprecher, nie einen Bildner seines nicht unbegabten, aber verworrenen Geistes. In seiner Brust wechselte die tiefste Betrübnis mit einer verstiegenen Meinung von sich selbst. Er lernte wie Alexander die Sprachen des Orients; er hatte die Schriften aller Philosophen und die Gedichte aller Dichter gelesen und verschmolz die fremden Gefühle und Meinungen in nicht ganz glücklicher Weise mit seinen eigenen. Über das schwerste Ungemach hob ihn das Spiel mit sich selbst hinweg, und er vermochte den Druck der Gegenwart durch die Erwartung einer Zukunft zu erleichtern, die sein inneres Auge mit märchenhaftem Glanz blendete. Er war zwei Jahre jünger als Alexander, und während dieser von Sieg zu Sieg stürmte und sich zum Herrn über die ganze Welt des Ostens erhob, verzehrte sich Arrhidäus in ungestillter Tatengier, schenkte dem Geschwätz der Wahrsager und den Deutereien der Zauberer sein Ohr, fuhr auf einem elenden Schiff an den Küsten des Pontus entlang und warb endlich mit mühsam aufgetriebenem Geld dreihundert berittene Lanzenträger, um nach Asien zu ziehen und irgendeinen Thron zu erobern, irgendein Reich zu gründen, irgendeine Tat zu vollbringen, selbst gegen den Willen und zum Trotz Alexanders, wenn es sein musste.

Zu Ende des Winters verließ er Makedonien, kam zwei Monate später in Sardes an und zog nun am Tag der Totenfeste mit seiner Schar durch die tiefen Schluchten des gordyäischen Gebirges. Der landeskundige Wegweiser war der Meinung, dass sie noch vor Anbruch des zweiten Tages das Ufer des Tigrisstromes erreichen konnten.

Das Gestein, hoch aufragend an beiden Seiten des Pfades, zeigte großartig zerrissene Formen. Oft näherten sich die Felsen nach oben sehr einander, dass nur ein schmaler Himmelsstreif sichtbar blieb, den das Dunkel der Schlucht noch dunkler färbte. Dann eröffnete sich wieder ein enges, ansteigendes Tal, aus dem eine eisige Luft wehte, denn im Hintergrund erhoben sich bläulich weiß die ewigen Schneegipfel. Die Söldner, von der Wildheit der Natur bedrückt und geängstigt, verwünschten ihre Abenteuergelüste und die Versprechungen ihres Führers Arrhidäus, dem sie zu misstrauen angefangen hatten.

Es waren nur wenige Makedonier; die andern waren Thessaler, Samiaten, Lyder und Griechen. Die Verwegenheit ihrer Gesichter war nicht die von ehrgeizig gestimmten Soldaten, sondern die von eilig aufgelesenen und schlecht bezahlten Wegelagerern. Die meisten hatten schon in Syrakus, in Karthago, in Rhegion und bei den Persern gedient, – Menschen, die um zehn Drachmen für jede Untat zu haben waren, stadtverwiesene Sykophanten, Meuchelmörder, Tempelräuber und Burschen, die auf ihren Wangen das Siegeszeichen der Städte, gegen die sie gekämpft, als Schandmal aufgebrannt trugen.

Arrhidäus, im einfachen Panzer und mit dem schweren Metallhelm auf dem Haupt, war tief in sich selbst verloren. Sein hageres, langes Gesicht mit der scharfen und hageren Nase, zu der das breit runde muschelförmige Kinn in auffallendem Gegensatz stand, war von schwebenden Fantasien bewegt. Bisweilen spornte er blitzenden Auges sein Pferd, dass es wiehernd vorauslief, und wenn er sich weit genug und unbeachtet glaubte, rief er irgendeinen anfeuernden Vers in die hehre Einöde der echoenden Felsklüfte, in den siedenden Lärm der Bergbäche.

Gegen Abend erweiterte sich die Schlucht, und die kreisförmig zurücktretenden Felswände umschlossen eine öde Hochfläche, die mit ungeheuren Blöcken besät und von breiten Streifen erstarrter Lava durchzogen war. Dann bog sich jählings der Weg hinab, und noch auf dem Abhang reitend, gewahrte Arrhidäus ein tiefes Tal, wie versteckt inmitten der Gebirge liegend, von leuchtendem Pflanzengrün überzogen, und in seiner Mitte einen See, auf dessen blauem Spiegel sich Myriaden von Wasservögeln schaukelten. Der Wind trug die Blütengerüche bis herauf. Kastanien, Birnen und Granatbäume wuchsen am Seeufer, ein Hügel war ganz mit roten Blüten überdeckt und sah aus wie ein umgestürztes Gefäß aus poliertem Kupfer, an dessen Seiten Blut herabströmt.

Wegen der Steile des Weges stiegen die Reiter ab und führten die Pferde über den mit Zwergeichen bewachsenen Hang hinunter. Während ihnen gegenüber ein Schneegipfel, der bis in die Abendwolken hineinragte, rot erglühte, leuchtete der See in immer dunklerem Blau. So sieht man sonst nur im Traum die Welt.

Arrhidäus wandte sich an seinen Begleiter, einen Rhetor namens Dion, der den Zug des Arrhidäus als halbwegs sichere Wegbegleitung zum großen Heer benutzte und sich dafür durch Schmeichlerdienste erkenntlich zeigte. Er war schon beinahe siebzig Jahre alt, ein verkommener Mensch, aufgeblasenen Geistes, bettelarm.

»All dieses Land gehört Alexander,« sagte Arrhidäus mit einer Niedergeschlagenheit, deren er nicht Herr werden konnte, »und ich habe nicht einmal fünfhundert Goldstücke, um meine Leute zu bezahlen.« Und mit dem Tonfall kindlicher Trauer, der ihm oft eigen war, fuhr er fort: »Warum ihm alles und mir nichts? Löse mir doch dies Rätsel, Dion. Bin ich denn schlechter, geringer, kraftloser, unwürdiger? Bin ich missgestaltet, sind meine Augen ohne Glanz, ist meine Zunge nicht beredt? Ich wollte mich ja zufriedengeben, wenn ich nur in meinem Innern nicht diese Glut spürte. Ich kann nicht schlafen, Dion, beständig höre ich Stimmen, und wenn ich so daliege, in Schweiß gebadet, dann kommen Pläne über Pläne, alles scheint leicht; dann schlaf' ich so um Tagesgrauen ein und habe die schönsten Träume, aber leider kann ich sie nie austräumen, weil mich die Lagertrompete weckt.«

Dion schüttelte den Kopf, rückte den Myrtenkranz auf seinem kahlen Schädel zurecht und verzog die rüsselartigen Lippen zu einem beruhigenden Grinsen. In diesem Augenblick hielten die Söldner ihre Tiere an und deuteten hinüber auf eine Stelle des Seeufers. Eine Rauchsäule wälzte sich schwarz und qualmend über halb verkohlte Baumwipfel; sie konnte keinem friedlichen Feuer, sondern nur einer Brandstätte entstammen.

Die Söldner eilten vollends hinab, schwangen sich auf die Pferde und ritten im gestreckten Galopp über die Talsohle. Arrhidäus sprengte als erster unter den dunklen Schatten der Bäume, deren rissige, harztriefende Rinde in der purpurnen Dämmerung glühte. Es herrschte Brandgeruch. Die Stille des Hains wurde durch keinen andern Laut gestört als das sausende Geräusch der Pferdetritte im hohen Gras. Die Söldner schwiegen.

Im weiten Halbkreis traten die uralten Bäume zurück. Auf der tiefblauen und wie gehämmertes Metall glatten Seefläche glänzte prächtig das Gefieder der Wasserhühner. In der Mitte des gelichteten Runds stand ein Tempel von halb persischer, halb lydischer Bauart. Aus seinem Dach drängte sich schwer die Brandwolke. Die vier schlanken Säulen der Vorhalle waren umgestürzt und der goldnen Verzierungen beraubt. Das Kranzgesimse war flammengeschwärzt, auf den Stufen lag heruntergeronnenes und halb vertrocknetes Blut. Die Wohnhütten der Priesterinnen waren verbrannt oder zertrümmert. Angekohlte Balken, Opfergefäße, Weihgeschenke, wertloser, doch ehrwürdiger Schmuck bedeckten den Boden. Am Ufer lag in einer Blutlache der Leichnam einer jungen Priesterin; ein abgebrochener Speerschaft ragte aus ihrer Brust, Kopf und Hals waren ins Wasser getaucht.

Selbst auf die verhärteten Sinne der Söldner wirkte es befremdend, wie das Bild des Mordes in den süßen Frieden eines paradiesischen Tals eingewebt war. Leuchtend weiß und grau stiegen die Gebirge empor; der Seespiegel begann sich schon schwärzlich zu färben, das Getier, das sich auf ihm getummelt, verschwand lautlos.

Die Söldner löschten das Glimmen des Gebälks im Tempelinnern, richteten die Zelte auf, brieten Vögel am Spieß, die sie in Eile geschossen, kochten Reis in großen Pfannen.

Arrhidäus liebte das Schweigen der Natur. In Stunden wie diese fühlte er sich allem Geschehenen überlegen, und das Ungeschehene schien ihm allein vorbehalten. Ihm war, als ob mit dem Wunsch und der Glut des Wünschens schon das Wichtigste vollbracht sei. Die Tat war nur der enteilende Schatten des Traumes von ihr. Allmählich stieg seine wunderbare Erregung so sehr, dass er aufsprang und mit großen Schritten umherging. Er erschien sich in diesem Augenblick als der beseelende Dämon, der in Alexander aus der Ferne gewirkt, der dem Geiste nach vollbracht, was Alexander dem Wesen nach und vor den Augen der Welt erreicht hatte.

Indem er sich umdrehte, stolperte er über einen Stein. Das betrübte ihn als schlechtes Vorzeichen, und statt des Lichts sah er nun auf einmal wieder Dunkelheit vor sich. Warum bin ich denn nach Asien gegangen? dachte er. Warum in ein Land, das schon ein anderer besitzt? warum nicht gegen Westen? warum nicht in den furchtbaren Norden? was will ich hier, wo alles schon getan ist? Eine fressende, unbestimmte Sehnsucht erfüllte Arrhidäus' Herz. Vom Lager herüber drang das Schwatzen der Söldner, aber als er sich dem Hain näherte und die Stille wie etwas Bewegliches auf ihn zufloss und ihn umhüllte, löste sich der Lärm des kleinen Lagers auf und zerbröckelte wie Salz in Wasser. Hie und da drang noch ein rohes Lachen herüber oder die heisertrunkene Stimme Dions, der ein Kornstampferliedchen vortrug. In einer Mischung von Einsamkeitsgrauen und Götterfurcht, begann Arrhidäus zu weinen.

Dem Ufer folgend, kam er an einen gewaltig dicken Baum, dessen weit hinausgreifende Äste bis über den Wasserspiegel hingen. Am Fuß des

Baumes, auf dem im Nachtschein gelb schimmernden Moos lag ein schlafendes Weib. Arrhidäus starte eine Weile auf sie herab. »Wer bist du?« fragte er mit seiner heiseren Stimme und berührte mit der Sandale den nackten Arm der Emporschreckenden. Er erhielt keine Antwort und stand eine Weile ratlos. Dann wandte er sich und stieß einen hallenden Doppelruf aus. Seine beiden Sklaven liefen herüber, einer trug die brennende Fackel. Arrhidäus befahl ihnen, das Weib ins Lager zu führen, und versank wieder in sein trübe gärendes Innere.

Als er zurückkehrte, hatten sich die Söldner schon zur Ruhe hingelegt. In den Bergen schallte der Schrei des Wildes, Vogelrufe tönten durch die Nacht, die Spannketten der Pferde klirrten. Als Arrhidäus sich zum Schlaf hinlegen wollte, kam der lydische Wegführer und machte ihn auf jenes Weib aufmerksam, das von den beiden Sklaven gefolgt durchs Lager schritt und in abgebrochenen Lauten vor sich hin sang. Es klang wie die Rufe der kleinen Wüsteneule, wenn der Hirt in den Euphratebenen am Abend seine Herde zusammentreibt. Ihr Gang war nicht leicht und befreit wie jener der Griechinnen, nicht hüpfend wie bei den Ägypterinnen, nicht rasch und kraftvoll wie der Gang skythischer Frauen, sondern es war etwas Nachlässiges und Schleppendes in ihm. Es war der zögernde Schritt einer ziellos und willenlos Gehenden, noch dazu beschränkt durch das enge babylonische Kleid.

Vor dem Altar, von dessen Ecke eine der gestürzten Säulen im Fall einen Widderkopf abgeschlagen hatte, las sie die Opferscheite aus Zedernholz von der Erde auf, reinigte sie mit einem weißen Tuch, legte sie in Reihen zu vieren übereinander, forderte von den Sklaven die Fackel und setzte das heilige Feuer wieder in Brand. Arrhidäus sah eigen bewegt hinüber, denn es war ein schönes Bild: das Weib rötlich beschienen vom aufleckenden Feuer, die beiden Sklaven lautlos furchtsam, rings schlafende Söldner, die stillschreitenden Wachen an den Enden des Lagers, der halbzerstörte Tempel, die nachtschwarzen Gebirge und der Himmel von Sternenlichtern besät.

Arrhidäus presste die Stirn in den Arm. Sein Gemüt war gedrückt, Rätsel über Rätsel erfüllten es. Ach, er beneidete die Nacht um ihren Frieden, den Tag um sein Licht, die Lustigen um ihr Lachen, die Steine um ihre Leblosigkeit. Plötzlich sprang er auf und fuhr den Lyder an: »Sprich ein gutes Wort, ein vorbedeutendes Wort, schnell, schnell, besinne dich nicht, wie es der Geist eingibt.«

Der Lyder nahm eine heuchlerische Feierlichkeit an und antwortete frech: »Alexander wird Arrhidäus fürchten lernen.«

Arrhidäus blickte schwermütig zu Boden. Dann lächelte er verächtlich, angewidert durch den Hauch der Lüge, kehrte dem Lyder den Rücken und schritt gegen den Altar. Er winkte den zwei Sklaven zu gehen und fragte die Fremde, wer sie sei, wann der Tempel zerstört worden und durch wen. Ihr Gesicht hatte alle Merkzeichen der chaldäischen Rasse: die platte kleine Stirn, die dicken, gleichsam blutenden Lippen und schwarze, leidenschaftliche Augen. Die Brauen, kaum gerundet, flossen in der Mitte zusammen, ein Zeichen dunkler Kräfte. Der Blick brach unter den schweren Lidern hervor und verkroch sich wieder darunter, so wie ein geheimnisvolles Wesen aus den Fluten des Meeres aufsteigt, mit kühler Lust die dumpfe Welt betrachtet und Ruhe suchend wieder untertaucht.

Vor der Kälte der Nacht schauernd, zog sie das braune Wollgewand fest um die Schultern und gab bereitwillig Auskunft.

Sie war Liblitu, die Tochter Inusins des Babyloniers. Sie war in den Schoß der großen Anahita geflohen, um vom Aussatz zu genesen, und die Göttin, die das Blut in den Adern erzeugt und die sieben Himmelswasser beherrscht, hatte sie geheilt. Vor einigen Tagen waren Bewaffnete von Norden gekommen; ihr Führer Meno, von Alexander beauftragt, hatte vier Jahre lang vergeblich die Stadt Cambala belagert und war schließlich von den Einwohnern besiegt und verjagt worden. Furcht vor Alexander hielt Meno in den Gebirgen fest. Seine Soldaten empörten sich, und als er hierherkam und vor dem Bild der Anahita betete, erschlugen sie ihn, plünderten und zerstörten den Tempel und schleppten die meisten Priesterinnen mit fort. Nur sie selbst vermochte sich zu retten, denn als sie den Hain durchsuchten und sie unter den heiligen Schlangen fanden, packte sie Entsetzen; sie glaubten, die Göttin selbst sei aus der Erde gestiegen. Damit schloss sie den kargen sachlichen Bericht, in dem nichts Mitleidforderndes für sie selbst enthalten war. Ihre silbrige umflorte Stimme erinnerte an ihren Gang, sie hatte etwas Zögerndes, Unentschlossenes und Gefesseltes. Sie fragte um das Ziel der Truppe und bat um die Erlaubnis, dem Zug bis zum großen Heerlager folgen zu dürfen. Dort werde sie Klage erheben. Was sie sagte, hatte Vernunft und Bestimmtheit und flößte Arrhidäus Achtung ein; billigdenkend wie er war, beschloss er, die Einsame in seinen Schutz zu nehmen.

Der Morgen war voller Duft und Kühle. Die zackigen Kämme der gigantischen Felsenmauern schienen die Himmelsbläue zu zerschneiden. Ein Bach im steinigen Bett warf den kristallenen Schaum rauschend zur Tiefe. Eine uralte Brücke führte über den Bach nach aufwärts, und der Pfad wurde so steil, dass Mensch und Tier nur mühsam keuchend vorwärtskamen. Die Felsen waren hoch hinauf von alten Grabhöhlen so durchlöchert, dass sie wie ungeheure Wespennester aussahen. Der Weg wurde schmäler; die Pferde und Maultiere, in langer Reihe schreitend, fanden kaum Platz für ihre Füße. Einsamkeit und Totenstille!

Die Söldner beachteten weder die Gefährlichkeit noch die Großartigkeit des Pfades. Sie waren von einer Unruhe erfasst, die jeder in sich selbst verspürte, ohne sie am andern zu merken. Die Babylonierin, auf einem Maultier hinter Arrhidäus reitend, war das Ziel ihrer erregten Blicke, ihres unablässigen Spähens. Sie hatten Weiber genug gehabt; von Milet bis Sardes hatten sie die Vergnügungen der Liebe bis zur Abspannung genossen, aber diesmal war es, als seien ihre Sinne durch Zauberei vergiftet. Es war, als ob ein Gluthauch der Wollust, der von dem Weibe ausströmte, sie unfähig mache, ihre gewöhnlichen Gedanken zu denken, ihre gewohnten Reden zu tauschen. Es sah aus, als zöge Liblitu diese wilden Männer gefangen hinter sich her. Wenn sie das Tier anhielt und ihren versprechenden, doch gleichsam noch schlummernden Blick nach rückwärts schweifen ließ, zitterten sie und stießen Laute aus wie Waldtiere, die zur Brunstzeit der Fährte eines Weibchens folgen. Beständig lag ein ungewisses, unbewegliches, durstiges Lächeln auf Liblitus Lippen, und der übrige Körper schien gedrückt von der Last der Sonnenhitze.

Als der Abstieg auf breiten, mit Moos bewachsenen Felsterrassen begann, erweiterte sich das Tal mehr und mehr, und spät nachmittags trat das Gebirge mit einen Mal wir durch Zauberei zurück, und die unermessliche Ebene Mesopotamiens wurde sichtbar. Einen letzten Blick wandten selbst die Müdesten zurück nach den in Eis und Schnee starrenden Gebirgen Assyriens, dann richteten sie das Auge nach Süden.

In gleichmäßigem Wellengang hob und senkte sich die Fläche, rotbraun schimmerte sie und milchig zitterte die Luft über ihr. Breit und ruhig gleich einer beweglichen Straße floss der mächtige Tigris dahin und verschwand draußen unter dem bläulich weißen Horizont. Kein Baum, kein Strauch, kein Haus war zu sehen, kein Anzeichen menschlichen Wirkens. Gazellen jagten fern dahin, schwarz in den hellen Himmel gezeichnet wie Schattengebilde. Am Strom weideten die wilden Esel, Schwärme von Trappen flogen, und hoch im Wolkenlosen schwamm langsam ein Geier.

Arrhidäus blickte regungslos, voll Andacht, voll wesenloser Dankbarkeit hinaus. Es war das Land uralter Sage, das vor ihm lag, das geheimnisvolle Gebiet chaldäischer Weisheit, das Reich der Könige Assurs, der furchtbare Schoß kriegerischer Völker. Und dort, unsichtbar für Augen, aber nahe jeder Ahnung, lag Babylon, die fabelhafte Stadt, der Nabel des Morgenlandes.

Am Fuß eines letzten Felsenausläufers wurde das Lager errichtet. Da zeigte es sich, dass die schreckliche Begierde des Söldnerhaufens in Raserei überzugehen drohte. Sie waren wie von einer Krankheit ergriffen. Die meisten unterließen es, ihre Zelte aufzustellen, aßen nicht, tranken nicht, sprachen nicht. Doch wagten sie nicht zu handeln; einer fürchtete den andern, und alle fürchteten den Gegenstand ihrer Gier. Dichte Scharen umlagerten die Babylonierin und starrten sie lautlos an, während die Lagerfeuer aufflammten. Das geängstigte Weib suchte zu fliehen, doch sie folgten still wie Hunde.

Nicht anders vermochte sich Liblitu zu retten, als dass sie sich ins Zelt des Arrhidäus begab und seinen Schutz erflehte. Sie war wie ein Kind in Furcht gesetzt vor dem Feuer, das ihre eigene Hand spielerisch unwissend entfesselt hatte, und sie schluchzte.

Arrhidäus ahnte nichts von diesen Vorgängen und sein Gefühl nahm keinen Teil daran. Von anderem Drang und anderen Wünschen war sein Inneres durchwühlt. Die halbe Nacht lag er wachend unter freiem Himmel; wie ein Traumbild stieg die Gestalt Alexanders vor ihm auf, und Arrhidäus sprach zu ihm: was du auch getan hast, hätte ich es nicht ebenso zu tun vermocht, wenn Glück und Zufall mich begünstigt hätten? Er empfand die Scham eines Zuspätkommenden, das Herzleid eines im Schatten Wandelnden. Der Neid zerriss seine Brust.

Viertes Kapitel

Die Makedonier

Inzwischen hatten sich die Heere Alexanders am Flusse Kufisu versammelt. Dort lag Opis, die »schwarze Stadt«, die Stadt vieler Raben, vieler Gräber und vieler Tempel, in denen der Mondgott, der Todesgott und der Pestgott besonders verehrt wurden.

Im makedonischen Lager fanden große Zusammenrottungen statt. Das Gerücht von den dreißigtausend herannahenden Persern war endlich Gewissheit geworden. Der Ingrimm der Makedonier nahm von Stunde zu Stunde zu. Barbaren in makedonischer Rüstung, die Besiegten, das Schwert des Siegers führend, die Fremdlinge, eingereiht in den festen Kern der heimatlichen Truppe, in die Edelscharen, ja sogar in die Leibschar Alexanders!

Am fünften Tage kamen die Perser. Um die Mittagszeit trafen sie ein, in wohlgeordneten Scharen zogen sie von den nördlichen Bergen herab. Es waren stille tapfere Jünglinge, die meisten kaum dem Knabenalter entwachsen. Sie waren von dunkler Hautfarbe, das dunkelbraune Haar trugen sie schlicht, und sie hatten nicht viereckige Köpfe wie die Griechen und Makedonien, sondern ihr Schädel war von feinem Ei-oval mit mäßig hohen Stirnen, großen, langlidrigen Augen von phlegmatisch leidvollem Ausdruck und bogengewölbten Brauen. Ihre Hände und Füße waren überaus klein, frauenhaft zart die Gelenke, anmutig und beweglich die Gestalt. Sie wurden von den Makedoniern mit Hohn und Erbitterung empfangen; ein älterer Rottenführer, der ein wenig über vergangene Zeiten Bescheid wusste, erinnerte seine Freunde an jenen Spartanerkönig, der einst vor der Schlacht die gefangenen Perser den Soldaten nackt zur Schau stellte, damit sie einen solchen Gegner verachten lernten.

Am Abend versagte ein großer Teil des Makedonierheeres den Gehorsam. Sie verließen ihr Lager, durcheilten die Söldnerstadt und verbanden sich mit Phason und seinen Edelscharen, die unter den Mauern von Opis lagen. Schweigend zogen sie durch die Tore und gegen den Palast. Dort verlangten sie mit fortgesetzten dumpfen Rufen nach Alexander. Sie wussten, dass Alexander, der mit der Stromflotte den Tigris herauffuhr, noch nicht angekommen war, aber sie betäubten einander dadurch, dass sie seinen Namen in die Luft schrien. Phason, der Erbittertste von allen, pochte mit seinem Schwertknauf im Takt ihres Gelärmes an das bronzene Hauptor des Palastes.

Nun erschien Hephaistion mit den Leibwächtern Seleukos und Peithon. Während er heruntereilte, blieben die andern bestürzt am Rande der äußeren Terrasse stehen. Ihr beruhigendes Winken, ihre stockenden, drohenden Reden, das fürstliche Ansehen ihrer hohen Gestalten, – nichts half. Grässliches Geschrei unterbrach sie, brennende Fackeln wurden emporgeworfen, ununterbrochen gellte, donnerte, kreischte es empor: Alexander! Alexander! Immer von Neuem der einzige Name. Sie klatschten die Hände zusammen, stampften auf den Boden und stießen johlende Pfiffe aus.

Hephaistion fand verschlossene Ohren. Seine Stimme verhallte im Getöse. Er ging unter ihnen umher, redete den Einzelnen ins Gewissen, erreichte auch durch seine warmen, männlichen Worte, dass der eine oder der andere stutzig wurde und für eine Weile schwieg, aber wenn er nur den Rücken wandte, stürzten sie sich mit verdoppelter Wildheit in den Strom der allgemeinen Leidenschaft. Hephaistion spürte wohl, dass er seine Kraft umsonst vergeude; was er zu halten wähnte, entwand ihm der nächste Augenblick, je größer sein Bemühen wurde, je heftiger tobte der Aufruhr. Sie reckten ihm die Fäuste entgegen, sie heulten auf ihn ein, sie erschlugen ihm die Worte im Mund. Erst als er sich zurückzog, aufs Äußerste erschöpft, wurden sie ruhiger. Man brachte ihm die Nachricht, dass sich die Rundschildner und die Silberschildner gleichfalls erhoben hätten. Er schickte reitende Boten zum Tigris, um Alexander, der jede Stunde eintreffen musste, zur Eile zu drängen.

Hephaistion ging nicht ins Haus. Obwohl er der Ruhe sehr bedurfte, schritt er unablässig auf der Höhe der Terrasse auf und ab, den entflammten Sternenhimmel über sich, gierig die kühle Nachtluft einsaugend. Stunde auf Stunde verrann ihm in gramvoller Gedankenlosigkeit. Seine wunden Sinne vermochten nur vorüberrasende Bilder zu erfassen: die zerstörte Welt, aus unzählbaren Rissen blutend, den Himmel, gleich dem brennenden Dach eines Zeltes, die Städte, in Dampf und Nebel über Feuerlöchern schwankend, und augenloses Getier, das durch die Finsternis flatterte und entsetzliche Laute ausstieß. Sein Gemüt war aufgepeitscht durch die fortdauernden Erregungen, die Nächte ohne Schlaf, das immerwährende Bereitstehen zum letzten Kampf, die Angst vor dem Ungefähr. Die Organe des Körpers, geschwächt durch die Kälte der Gebirge, die Glut der Wüste, die Miasmen der Sümpfe, durch Wunden und Entbehrungen, versagten den Dienst; zerrissen war jedes herzliche Band, der Glaube erschüttert, die göttlichen Symbole nichtssagende Zeichen geworden, auf nichts gestellt war man, das Alltägliche hatte keine Bedeutung mehr, Sicherheit war nur im Tod.

Die Nacht war dunkel und schwül. In der Finsternis standen schwer die Häuser von Opis. Die Bewohner hatten die Türen verrammelt; von den flachen Dächern herab forschte bisweilen ein stilles Augenpaar in dem wechselnden Gewühl der Fremdlinge. Hunde rannten scheu über die gepflasterten Straßen und suchten Speiseabfälle.

Aus dem Hain des Mondgottes kam eine Prozession weiß gekleideter Priester. Acht Hierodulen trugen das verschleierte Götterbild voran. Auf einem weiten Platz, in dessen Mitte eine schwarze Säule stand, bildeten die Priester einen Kreis. Schweigend blickten sie empor gegen den Mond, dessen halbe Scheibe süßlich rot gefärbt war durch die schwelenden Ausdünstungen der Erde. Die acht Frauen warfen ihre Gewänder ab, entfesselten das Haar und tanzten mit gemessenen, ja gespreizten Bewegungen ihrer mondglänzenden Glieder. Sie bogen den Kopf zurück, sodass ihre Brüste sich voll und sehnsüchtig dem Gestirn entgegenspannten. Die Priester erhoben die platt zusammengedrückten Hände und stimmten einen langsamen Gesang an.

Viele Makedonier waren Zeugen des Schauspiels. Ihnen schauderte vor dieser Stunde. Unheimlich war ihnen das Land. Verzweifelt kehrten sie ins Lager zurück. Und da der Morgen graute, hieß es, Alexander sei angekommen. Die Hoffnung rötete ihre übernächtigen Gesichter. Immer neue Leute kamen und bestätigten die Wahrheit der Kunde.

Nun begann ein gewaltiges Wandern. Von einer einmütigen Aufwallung ergriffen, zogen alle Makedonier durch die Tore in die Stadt und vor die Anhöhen des Palastes. Dort blieben sie, Mann bei Mann, die Tausende, in geduldigem Schweigen, bis die Sonne aufging. Ohne ein Zeichen des Überdrusses warteten sie, bis es Alexander gefallen würde zu kommen. In keinem einzigen Gesicht lag Trotz oder Unbotmäßigkeit. Ein schwaches, lang hallendes, langsam erzitterndes Gemurmel erhob sich, als die Sklaven das Haupttor öffneten und Alexander heraustrat, – allein.

Er trug den schönen Helm aus Samos, ein zugegürtetes Oberkleid von sizilischer Arbeit, den linnenen Doppelpanzer von der Beute bei Issos und den prächtigen Reitrock, den ihm die Stadt Rhodos geschenkt hatte.

Er ging mit schnellen Schritten zum Rand der Terrasse. Die Makedonier drängten ihm stürmisch entgegen, sodass Hunderte auf einmal die breite Treppe besetzt hatten und die Nachdrängenden Kopf an Kopf standen, die Augen mit dem Ausdruck gespanntester Erwartung auf Alexanders Gesicht gerichtet.

Ungeachtet der auf dem Wasser verbrachten Nacht, war kein Zeichen der Mattigkeit in seinen Zügen. Er schien frisch, beweglich, belebt. Zuerst sah er sich seine Leute an. Die Musterung dauerte nicht lange, obwohl jedem Einzelnen dabei zumute war, als nähme er ihm das Herz aus der Brust, um es zu betrachten und abzuwägen. Dann begann er ganz vertraulich zu reden, und zwar nur zu den Vordersten, wobei er seine Stimme wenig erhob und sich benahm, als ob er die friedlichste Unterhaltung führe. Er stellte sich, als hätte er ihnen etwas Erfreuliches mitzuteilen. »Erinnert euch, dass ihr in Indien von den Schlachten müde ward und zurückkehren wolltet,« sagte er. »Damals konnte ich euch nicht entlassen, denn ich konnte euch nicht entbehren. Heute liegt es anders. Asien ist beruhigt, und bis zum nächsten Frühjahr will ich nichts Neues unternehmen. Ich will also diejenigen, die über fünf Jahre bei mir sind, nach Hause schicken. Jeder bekommt ein Geschenk von –«

Weiter kam Alexander nicht. Die, zu denen er gesprochen hatte, wandten sich nach rückwärts, und wie der Sturmwind flogen seine Worte von Mund zu Mund, von Ohr zu Ohr.

Ein ungeheurer Tumult, ein wildes, ungeheures Geschrei brach aus. Alexander trat zurück. Mit bleichen Stirnen, ausgestreckten Armen, geöffnetem Munde drängten sie nach. Eine Flut von Schreien, Verwünschungen, Flüchen, Jammerlauten, Klagen und Hohnreden gurgelte empor. Sie rissen ihre Schwerter heraus und fuchtelten damit durch die Luft. »Verräter!« schrien sie Alexander zu. »Deine Veteranen willst du dir vom Halse schaffen« heulten sie. »Barbaren sollen deine Füße küssen.« – »Hat uns ausgenutzt und ausgedrückt und jetzt wirft er uns in den Dreck.« – »Wir sind unbequem, man hat Angst vor uns . . .« – »Verräter! Verräter!« –

Die Wachen stürzten aus dem Palast.

Unbeweglich dastehend, die Arme über der Brust verschränkt, hörte und sah Alexander zu. Das Gebrüll und Getöse erschreckte ihn nicht, seine Wimpern zuckten nicht einmal bei dem orkanartigen Brausen der Stimmen. In seinen Augen leuchtete ein kühler und seltsam heiterer Glanz, und auf seine Lippen trat ein Lächeln. Dies verblüffte die ihm gegenüberstehenden Makedonier, erschreckte sie, brachte sie zur Besinnung. Es war etwas Diabolisches in diesem Lächeln; ich spiele nur mit euch und werde gewinnen, sagte es, mich belustigt euer Wahnsinn und ich freue mich darauf, euch zu züchtigen . . .

Die Stille, die bei den vorstehenden eingetreten war, verbreitete sich allmählich nach hinten. Die Söldner und Führer, die vor Alexander standen, verzerrten das Gesicht zu einem Ausdruck, der aus Trotz und Furcht gemischt war. Durch eine unsichtbare Kette gebändigt, knirschten sie in die Fessel hinein. Alexanders Gesicht wurde ernst wie ein Stein. Sein Blick lief von Mann zu Mann; wie viel Hunderte er auch in dem Gedränge sah, bärtige Gesichter, glatte, jugendliche, greisenhafte, von Narben zerrissene, von Ausschweifungen gezeichnete, kein einziges Auge wagte dem Seinigen zu begegnen. Sie schämten sich voreinander ihrer Feigheit, sie suchten einander glauben zu machen, dass die Sonne sie blende, die eben über die Zinnen der Palastmauern stieg, und blinzelten mit den Lidern.

Alexander atmete auf und sagte mit einer klaren, hellen, kindlichen, weithin vernehmbaren Stimme: »Keiner von euch ergreife mehr in meinem Namen das Schwert. Ihr seid entlassen. Ihr könnt gehen, wohin ihr wollt. Fort mit euch, ich will euch nicht mehr sehen, fort, fort mit euch.«

Er wandte sich und stieg die Treppe hinauf. Der Mantel flatterte ihm von der Schulter und sank zu Boden. Leonnatos hob ihn auf. Die Wachen folgten Alexander in den Palast.

Oben auf einem Vorsprung der Terrasse, in zusammengeduckter Haltung, den Ellbogen auf das Geländer gestützt, lehnte Hephaistion. Mit unverwandtem klammernden Blick waren seine schwarzen Augen auf die Söldner gerichtet. Er durchforschte ihre Mienen, wie ein Jäger das Walddickicht, in das er eindringen will. Da stieg mit schwerfälligem Schritt der Tetrarch Phason hinan und blieb vor Hephaistion stehen. »Nimm mir das Ding da ab, Hephaistion,« sagte er, das kurze Schwert in der ausgestreckten Hand haltend, »es ist ein überflüssiges Gerät geworden.« Das graubärtige Gesicht zuckte wie über einer Flamme, und Tränen standen ihm in den Augen. »Na, Hephaistion,« fuhr er mit wunderlich schnalzenden Lippen fort, »du musst wissen, was jetzt bevorsteht. Du bist ja die Uhr von Alexanders Willen.«

Hephaistion schüttelte den Kopf und verstellte sich zu einen Lächeln. »Steck' nur dein Schwert wieder ein, Phason,« antwortete er, »du wirst es noch brauchen.« Die Verzweiflung des Mannes rührte ihn.

Die Makedonier standen noch schweigend, wie sie Alexander verlassen. Ihre Füße waren ihnen bleischwer. Plötzlich schrie einer: »Auf nach Hause! Wir sind frei!« Da entstand eine träge Bewegung. Die meisten Mienen zeigten Verdruss, ängstliches Nachdenken und Ratlosigkeit. Sie waren nicht mehr Soldaten Alexanders. Wohin? was beginnen? fragten ihre stummen Blicke. Einige Rottenführer und Hauptleute erteilten Befehle, sie wurden nicht gehört. Es entstand ein Summen, wie von einem

Milliardenheer von Insekten. Diese mahnten zum Aufbruch, jene zum Bleiben. Einige gaben den Rat, die Stadt zu plündern und in Brand zu stecken. Jeder wollte etwas anderes, alle kommandierten, niemand gehorchte. Da erhob sich wüstes Geschrei, dort traten Besonnene zusammen und erwogen ihre Lage sorgenvoll. Andere liefen herum, drohten, lachten, schwuren, prahlten. Der ganze gewaltige Menschenhaufen, bald sich lockernd, bald sich zusammenziehend wie eine Riesenqualle im Wasser, drehte sich um sich selbst.

Endlich drang ein Vorschlag durch, der keinerlei Wagnis enthielt und nicht viel Tätigkeit erforderte. Man beschloss abzuwarten und während des ganzen Tages sich still zu verhalten, aber alles: Zelte, Tiere, Sklaven und Gepäck zum Abmarsch vorzubereiten. Die ordnungslose, aufsichtslose Menge wälzte sich durch die Tempelstraße dem nächsten Tor und dem Lager zu.

Die Sonnenhitze warf die meisten erschöpft hin. Mit geschlossenen Augen ergaben sie sich einem allgemeinen Gefühl des Unheils. Die Sklaven und Weiber kochten ihnen ihre Speisen, aber sie konnten nichts genießen, nur Wein schütteten sie in ihre brennenden Kehlen. Die Stadt mit ihren Mauern und flach dächrigen, erdhügelhaften Häusern lag in der Mittagsglut vor ihnen, leuchtend wie eine ungeheure weiße Blase, der Himmel war bräunlich gefärbt, das Flusswasser war warm, als sei es gekocht, der Erdboden vibrierte und schwankte vor den Augen.

Viele flüchteten in die Obstgärten und suchten unter dem schmalen Schatten der Bäume Labung. Viele stürzten sich bis an den Hals ins Wasser. Ein Rottenführer schickte seine Leute in die Stadt; er glaubte, wenn Alexander sie sähe, würde er zu unterhandeln anfangen. Traurig kamen sie zurück und erzählten, Alexander habe sich im Palast eingeschlossen und wolle mit niemand sprechen.

Am andern Morgen erschallte ein hundertfältiger Ruf zum Abmarsch. Viele Zelte wurden niedergerissen, die Maultiere und Kamele bepackt. Aber die lockenden Bilder der Heimat waren verblichen. Niemand wollte zuerst gehen, keine Abteilung wollte die erste sein. Ein gewisser Sophillos ging umher und machte prahlerische Versprechungen; er wollte sich als Führer an die Spitze stellen und Ägypten als festes Reich gewinnen. Man hörte ihn an, und wenn er fertig war, vergaß man, was er gesagt hatte. Ein anderer, der Lampos hieß wie Hektors Pferd, trug selbst verfertigte Hymnen vor, worin er anempfahl, die Tyrannen zu töten. Einige Söldner lagen unter den Olivenstauden, eine furchtbare Erschöpfung hatte sie ergriffen und sie heulten wie Kinder. Bedenklich war die

Gefahr, die durch das Ausgehen der Lebensmittel drohte. Entlassene, Verjagte, hatten sie vom Proviantamt nichts mehr zu fordern. Was sie mit dem Bogen schießen, mit der Lanze treffen konnten, war ihr Eigentum, aber davon konnte man nicht hundertein Tag lang satt werden, und wer hatte noch Lust und Freiheit genug, um draußen im glühenden Land zu jagen? Der Wein war schon zu Ende. Unabweisbar wurde der Gedanke an Gewalttat. In der Nacht marschierten etwa zweitausend Mann, zum Kampf gerüstet, gegen das Lager der Perser. Hinter den auflodernden Feuern zeigten sich drohend die verstärkten Wachen. Sie getrauten sich nicht weiter. Diese unüberwindlichen Makedonier glichen einer Horde von plärrenden Schwächlingen. Ohne Mut, ohne Vernunft, ohne Selbstvertrauen, fassten sie lauter kraftlose Entschlüsse.

Die Edelscharen Phasons zogen planlos vor den Mauern umher. Schauerlich war es, als sie mitten in der Stille und Dunkelheit der Nacht zu singen begannen. Sie wollten ihre Furcht betäuben. Unmöglich war es zu handeln, nicht zwei Gehirne waren demselben Gedanken zugänglich, alle aber der gleichen aufregenden Empfindung einer grässlichen Verlassenheit. Sie zündeten Feuer an und schleppten die Wahrsager herbei. Zwei Stymphäer kletterten in ihrem verworrenen Drang an den Stadtmauern empor. Der eine, durch warnende Zurufe erschreckt, stürzte herab und brach das Genick, der andere gelangte bis zur Zinne, blieb dort hocken und stierte stumpfsinnig in die Finsternis.

An Schlaf war nicht zu denken. Die Männer hielten die Jünglinge, die sie liebten, stumm und fest umklammert. O, wie hassten sie Alexander! Wie quälend war ihr Hass, weil er sich in seiner Ohnmacht selbst verzehren musste. Inbrünstig flehten sie von Gott das bitterste Menschenleid für ihn herab, und sie dachten über das erstaunliche Rätsel nach, dass er sie so demütigen durfte. In dieser Nacht erkrankten über tausend an Fieber und an der Ruhr; sie setzten dem Übel keinen Widerstand entgegen und die bösen Dünste der Niederung vergifteten ihre Säfte.

Die einzige Abteilung des Ismenias war am Morgen des dritten Tages zum Abmarsch entschlossen. Sie brach langsam auf. Glühend wie die Vorigen, kam der Tag schon aus dem Schoß der Dämmerung. Als sie an das Ufer des Kanals gelangten, sahen sie dort ein großes, kreisrundes Fahrzeug, in dem ein wunderbares Frauenzimmer saß. Sie hatte ein Gewand aus gelbem Byssos und safrangelbe Schuhe. Rötliche lose Haare umflatterten wie eine Mähne das harmlos lächelnde und doch von einer geheimnisvollen Bosheit erfüllte Gesicht. Zwei nackte nubische Sklaven standen hinter ihr mit dem Sonnenschirm und dem Fliegenwedel. Ein dritter Sklave stieß mit einer langen Stange das Boot nach vorwärts. Zu

Füßen des Weibes lag ein griechischer Soldat, ein Hauptmann mit bläulich aufgequollenem Gesicht, eine Leiche. Das Fahrzeug kam aus dem Lager der Griechen und fuhr gegen die Stadt.

Die Söldner stutzten. Sie blieben stehen, die Reiter hielten die Pferde an, die ganze Schar stand schweigend längs des Ufers, um die Barke auf dem schaukelnden Spiegel des schwärzlichen Wassers vorübergleiten zu lassen. Sie konnten nicht weiter. Lange noch lauschten sie mit verfinsterten Stirnen auf den eintönigen Gesang des Sklaven, der die Barke fortbewegte. Beschämt, zerknirscht, von abergläubischen Vorstellungen erregt, kehrten sie um.

Als sie ins Lager zurückkamen, verkündeten zwei Herolde den Makedoniern, sie sollten entweder die Ebene von Opis räumen oder sich Alexander zur Schlacht stellen. Zugleich erschien ein Rhetor, ließ aus Brettern eine kleine Tribüne errichten, stellte sich hinauf, zog eine beschriebene Rolle aus dem Mantel und während sich die Menge in banger Erwartung um ihn drängte, fing er an zu lesen:

»Dies ist Alexanders Botschaft an euch, Soldaten! Aus den elendesten der Menschen habe ich euch zu Königen gemacht. Aus jedem Einzelnen habe ich in seiner Art einen Fürsten gemacht. Was wart ihr denn ehemals? Ziegenhirten wart ihr. Erinnert ihr euch nicht? Habt ihr vielleicht Schätze besessen in euern ärmlichen Tälern? Nicht zwei Silbertalente habt ihr besessen. Habt ihr vielleicht Schiffe gehabt? Nicht ein Baumstamm aus euerm Land schwamm auf dem Meer. Habt ihr vielleicht kostbare Gewänder gehabt, blauseidene Zelte? und silberne Nägel in den Schuhen? und Essenzen zum Bad? und Sklaven und geschmückte Weiber und Liebesknaben und goldene Trinkschalen und edelsteinbesetzte Armbänder und Schwerter mit goldenen Ornamenten? In stinkenden Hütten unter der Erde habt ihr gehungert, unter dürren Fellen habt ihr gefroren. Und die Herrlichkeiten von Tyros, die Perlen des Dareios, die Schätze der Königsgräber, das Gold und die Geräte der Tempel, habe ich sie vielleicht? Was ist mir geblieben als ein Fetzen Purpur? Ihr wart die Besitzer, ihr die Statthalter, ihr die Heerführer, und ich, ich habe nur die Brust voll Qual. Ich esse schlechter als ihr, ich schlafe schlechter als ihr. Hat einer mehr erduldet als ich? Wer Narben hat, entblöße sie. Auch ich will kommen und meine Narben zeigen. Kein Glied an meinem Körper ist ohne Wunde geblieben. Von Schwert und Dolch und Steinwurf und Katapultpfeil und Lanze und Keule bin ich getroffen worden. Ich habe eure Schulden bezahlt, ich war gütiger als ein milder Geist. Wer gestorben ist, ruhmvoll war sein Ende, denn fliehend fand unter mir keiner den Tod. Und nun geht, ich rate euch, verlasst das Land. Ich habe mich den Asiaten anvertraut. Ich habe ihnen das Recht des Kusses gegeben. Ich habe persische Silberschildner, persische Edelscharen, eine persische Leibwache, ich brauche euch nicht mehr. Lebt wohl und erzählt zu Hause, dass wir in Frieden voneinandergegangen sind.«

Diese Worte hatten eine furchtbare Wirkung. Zuerst erhob sich ein Murmeln, weithin rollend wie von Gewittern, ein Ächzen wie von zahllosen Sterbenden, dann ein Geschrei maßloser Verzweiflung. Die Herolde wurden zu Boden geworfen, die Tribüne samt dem Rhetor überrannt und zertreten. Die Silberschildner liefen nach der Stadt, blindlings folgten alle, von einem und demselben Drang urplötzlich bis ins Innerste bewegt. Atemlos sausten sie durch drei Tore zu gleicher Zeit, liefen keuchend durch die Tempelstraße, die Straße der Kaufleute und die Straße der Gerber, atemlos langten sie vor der Terrasse an, sprangen hinauf und wollten in den Palast dringen.

Aber die Tore waren verschlossen. Unzählige Fäuste hieben dröhnend darauf los. Umsonst; man hatte ihr Kommen bemerkt und Vorkehrung getroffen. Sie suchten zu den oberen Rundöffnungen zu gelangen, indem drei oder vier einander auf die Schultern stiegen. Doch die Speere der persischen Wachen starrten ihnen entgegen. Ein großer Teil hockte alsbald apathisch auf den Stufen der Terrasse. Die Straßen unten waren angefüllt mit Makedoniern. Gelb und schwül brütete die Sonne auf den Köpfen und Helmen.

Da erschallte ein Klirren vor dem Haupttor. Einige Soldaten hatten Schwerter und Schilde hingeworfen, um sich waffenlos zu zeigen und ihre Reue glaubwürdig zu machen. Das Beispiel wirkte entflammend. Die Scharen strömten herauf. Einer um den andern legte die Waffen nieder: Schwerter, Dolche, Schilde, Lanzen, ja sogar die Helme. Es wuchs und türmte sich eine kolossale Waffenpyramide. Viele traten vor das Tor des Palastes und flehten mit aufgehobenen Armen laut um Zutritt. Bald standen Tausende im Knäuel, schrien jammervoll um Einlass, um Vergebung, klagten sich an und versprachen Gehorsam. Nur sehen solle sie Alexander, nur einmal möge er noch zu ihnen reden.

Nichts rührte sich im Palast. Gleichgültig ragten die weißen Mauern. Die Dämmerung kam. Das Flehen und Weinen wurde ungestümer. Die Makedonier erboten sich, die Urheber des Aufruhrs auszuliefern. Es war, als ob sie im Eisentor selbst die Ohren Alexanders vermuteten, so unmittelbar und leidenschaftlich gaben sie sich. Phason drängte sich vor. Er bekannte sich am schuldigsten. Er hob ein kurzes Schwert vom Boden auf, stützte es mit dem Knauf gegen die Mauer, schloss die Augen und drängte mit fanatischer Langsamkeit die eigene Brust in den Stahl. Mit leisem Schmerzengewimmer brach er zusammen. Das Blut färbte seine Gewänder.

In demselben Augenblick wurde das Tor geöffnet.

Von einigen Fackelträgern begleitet erschien Alexander im Dunkel der Halle.

Fünftes Kapitel

Hephaistion

Alexander hatte am Morgen mit Eumenes die neuen Steuer-Erlässe für Syrien beraten, und dieser hatte sie dann in Gegenwart Alexanders seinen Schreibern diktiert. Von Zeit zu Zeit kamen Boten mit Nachrichten aus dem makedonischen Lager. Die Führer, die nicht am Aufruhr teilgenommen, gingen bedrückt in den Wandelhallen des Palastes umher; ihr Herz zog sie hinaus. Mit verdachtsvollen Blicken beobachteten sie die Gruppen der persischen Fürsten, und die meisten unter ihnen waren fester von Verrat umstrickt, wenn sie auch treu in ihren Handlungen geblieben waren, als die zu offenen Empörern gewordenen Söldner. Aber sie brauchten den Glanz des königlichen Lagers, die Gunst, die wohliges Genießen schuf, brauchten den rechtmäßigen Besitz ihrer Titel und Reichtümer. Alexander war ihnen das Auge ihrer schlaffen Behaglichkeit, das Hirn, das für sie dachte, die bewegende Kraft über ihrer süßen Ruhe, die Leiter ihrer wilden Hoffnungen. In ihren Wurzeln war noch nicht das Hinzehren zur Heimat erstorben. Im Geist unterhielten sie sich mit Alexander, wie es das Gewissen und die Ehrlichkeit verlangten. Demütige sie nicht, demütige uns nicht bis zum äußersten, sagten sie; willst du denn, dass die Welt, dass die Sicherheit der Millionen, willst du, dass alles nur an deinem Atem hängt, Alexander? Bedenke, auch du trägst ein Herz von Fleisch in der Brust, nicht anders als bei andern Menschen rollt das Blut; du kannst sterben; soll der ungeheure Bau auf einer einzigen Säule ruhen und in Schutt zerfallen, wenn sie bricht? Also erniedrige sie nicht zu sehr, die aus demselben Erdreich stammen wie du . . .

Wie um das Verschweigenmüssen ihrer Empfindungen zu entschuldigen, sprachen sie davon, wie gut es stets den Wahrsagern und wie übel den Wahrheitssagern ergangen war, und noch kühner waren ihre Gedanken in den schwarzen Stunden dieses Tages: keine Brücke führt mehr nach der Heimat, Asien wird uns vernichten, wie eine Schlange wird uns Asien umringeln, die Völker können sich nicht rächen für das vergossene Blut, aber Asien wird den Arm erheben, auch über ihn wird es kommen, auch ihn wird der finstere Rachen schlucken, schon reißt Babylon das Maul auf, schreit und weint nur, Makedonier, ihr habt Grund, heute ist der Tag, an dem die Ehre stirbt und das hellenische Auge bricht, heute ist der Tag vor der Nacht. Solcher Art aufgewühlt, gingen die Führer in den weiten Wandelhallen umher und erwarteten den Abend.

Es traf noch eine schlimme Botschaft ein. Einwohner und Soldaten kamen aus der Gegend von Ekbatana, erschöpft, verhungert, krank, verwundet. Das wilde Gebirgsvolk der Kossäer hatte sich empört, hatte die Besatzungen der Städte niedergemacht, und im oberen Land waren alle Tempel in Flammen und alle Dörfer verwüstet.

Je mehr die Welt um Alexander ins Kochen kam, je stiller, je starrer, je schweigsamer wurde er selbst. Je mehr Gefahren sich dann erhoben, je mehr vermochte er durch sie hindurch und hinter sie zu schauen. Während alle andern im Dunst der Erlebnisse lebten, stand er über den Nebeln. Da kam eine Traumklarheit über ihn, die ihn fähig machte, den dunklen Fleck in der ergebensten Brust zu sehen, und das menschliche Herz hatte keine Geheimnisse mehr; ihm selbst aber erstarb das menschliche Gefühl. Er vergaß Essen und Trinken, er bedurfte nicht mehr des Schlafs und der Ruhe, nichts konnte ihn überraschen, nichts ihn erschrecken, und ob Königreiche zerschmettert wurden, erregte ihn nicht mehr als das Fallen der Würfel beim Spiel. Aber es jauchzte auch nichts in ihm, die erhabene Kraft drang nicht in sein Bewusstsein, nachtwandlerisch war sein Wort und seine Gebärde, die Fäden, die er hielt, glitten wie von selbst durch seine Finger.

In der Stunde, als die Makedonier vor den Palast stürmten und ihr grässliches Bittgeschrei alle Räume durchschallte, waren Perdikkas und Ptolemäos bei Alexander. Er machte keine Anstalten, sich den Flehenden zu zeigen, sondern beriet gleichmütig mit den beiden Leibwächtern über die Maßregeln gegen die Kossäer und welchem von den Führern, die er entbehren konnte, der Kriegs- und Rachezug anzuvertrauen sei.

Da stürzte Hephaistion in das Gemach. Sein Gesicht war fahl, die Augen blutunterlaufen, seine Arme zitterten, sein Hals war von Worten gebläht, er hatte die Wache vor der Tür zur Seite geschleudert, und als er nun vor Alexander stand, sagte er nichts als: »Jetzt ist es endlich an der Zeit, dass du dich der Makedonier erinnerst.«

Unwillig erstaunt, als ob er einen ganz fremden Mann vor sich hätte, blickte Alexander Hephaistion an und erwiderte keine Silbe.

Hephaistions Körper, von Schweiß bedeckt, zuckte krampfhaft. Das Herz klopfte, als wolle es die Brust zerbrechen. Ihn verlangte es, den vielen Tausenden, die vor den Toren draußen um Einlass und Gnade winselten, durch seinen Mund Worte zu verleihen; aber er konnte nur stammeln.

»Freund! Geliebter! Alexander!« rief er aus.

»Du wirst, Hephaistion, morgen bei Tagesanbruch mit dreitausend Schildträgern und zweitausend Bogenschützen gegen Kolonai ziehen,« sagte Alexander kalt. »Sollten sich die Kossäer nicht zum Kampfe stellen, so wirst du sie in ihren Bergen aufsuchen. Es wird nur nachts und morgens marschiert. Megabyzos hat die Wegweiser zu stellen, Nesiotes den Proviant.«

Hephaistions Gesicht glich dem einer Leiche.

Alexander hing das Schwert um, nahm den Helm und forderte Perdikkas und Ptolemäos durch einen Wink auf, ihm zu folgen. Draußen gab er dem Wache-Obersten noch einige Befehle, dann erst ließ er das Tor aufsperren. Er trat zu den Makedoniern hinaus.

Und mit einem Mal war es, als hätte die angebrochene Dunkelheit die tausendfachen, zehntausendfachen Laute der empörten, gedemütigten, zur äußersten schmerzlichen Ungeduld getriebenen Scharen, als hätte sie ihr Schreien, Toben, Bitten, Jammern, Schluchzen, ihre Beschwörungen, Seufzer, Selbstvorwürfe und Klagen in einem einzigen Atemzug verschluckt.

Die Stille, die nun eintrat, vibrierte zuerst noch von all diesen Tönen, auch entstand sie nicht ganz jäh, sondern sie pflanzte sich von den Vordersten mit mäßiger Schnelligkeit nach allen Seiten fort; allmählich verklang auch das leiseste Flüstern. Da schien einem jeden der Hauch stehen zu bleiben und das Herz zu stocken. Ihre Augenlider hörten auf, sich zu bewegen, ihre Augensterne erstarrten, und nur ein langer, gieriger Blick suchte Alexander.

Es war eine so ungeheuerliche Stille, dass das Flattern einiger Vögel, die in ziemlicher Ferne über die äußere Palastmauer flogen, wie etwas Rätselhaftes, Niegehörtes vernommen wurde.

Die Nacht war ein Trost, Scham erfüllte sie alle. Keiner hätte in solcher Verfassung vom geliebtesten Freund gesehen werden mögen. Es war ihnen zumute, als senke sich das Himmelsgewölbe langsam herunter und laste schwer auf ihren Köpfen. Obwohl eingekeilt in die Masse, links und rechts und vorn und hinten berührt von diesem riesigen Körper, hatte jeder Einzelne das Gefühl der Einsamkeit. Sie dachten an ihre Gastmahle, ihre Weiber, ihre Schätze, nur um die Schauer dieser Augenblicke zu verringern.

Endlich ein erlösender Schrei: »Vergib, Alexander!« Um eine verneinende Antwort, ein bedenkliches Kopfschütteln, eine unschlüssige Gebärde zu verhindern, wiederholten tausende, abertausende Kehlen die Worte. »Vergib, Alexander, vergib!« Die Masse fing wieder an, sich zu bewegen, zog sich noch mehr zusammen, wälzte sich gegen die Terrassentreppe und schob sich dort in die Verengerung wie die erhobene Pranke eines riesenhaften Tieres. Ein ohrenbetäubendes Wirrsal von Rufen der Angst, der Beschwörung, des Gnadenflehens brach aus. Sie fürchteten, Alexander noch immer nicht gewonnen zu haben, und hörten auch dann nicht auf, als er durch eine Handbewegung Ruhe gebot. Die Nächsten warfen sich vor ihm nieder und suchten seine Knie zu umklammern; mit tränenerstickten Stimmen lallten sie. Ein alter Hauptmann der Ritterschaft drängte sich herzu. »Alexander,« sagte er, »es schmerzt uns, dass dich die Perser küssen dürfen. Niemals hat dich einer von uns Makedoniern küssen dürfen. Und sie, die Fremden dürfen dich küssen. Es schmerzt uns, Alexander.«

Zitternd tasteten andere nach dem Saume von Alexanders Mantel, um ihn an ihre Lippen zu pressen. Manche beteuerten, sie wünschten auf der Stelle für ihn zu sterben, und schlugen sich wie toll auf die Brust. Andere schluchzten vor sich hin, andere krümmten sich auf der Erde vor ihm . . .

Da kam es über Alexander.

Wenn sie ihm auch die Füße leckten, er sah in ihre Augen. Er sah in ihren Augen den Hass. Aber sie wussten nichts von dem Hass, den sie gegen den Urheber ihrer Demütigung, den Nährer ihrer Schwäche hegten. Da kam das Grauen über ihn.

Er hatte Hellas und Ionien und Persien und Indien und Babylon und Hyrkanien und Baktrien und Ägypten erobert, und es war ihm nicht genug gewesen. Er wollte Arabien und das innere Libyen und Karthago und Rom und die Länder der Skythen und das Meer der Atlantis haben, und es war ihm nicht genug. Seine Begierde ging nach den Sternen, die Kronen der Erde waren ihm zu wenig, und doch, jetzt ahnte er, dass ein Mensch zu sein mehr bedeute als ein Gott zu sein. Und er trug Verlangen nach dem Menschen, und sein inneres Auge hielt Umschau über den Kreis der Sklaven und Knechte und Söldner und liebebereiten Weiber, und es entdeckte nur Hephaistion. Da schauderte er. Er blickte zu Boden. Um seinen Mund zuckte es. Es trieb ihn zurückzueilen, um noch einmal Hephaistion zu sehen. Eine nie gekannte Bitternis umflutete ihn. Er wünschte, dass dies alles nur ein Traum sein möge, er suchte nach Worten, um das Gefühl zu entkräften. Sein schweifender Blick blieb an der Leiche Phasons haften. Das Bild des Todes in diesem Augenblick überwältigte ihn sonderbar. Er ging hin. Der blutüberströmte Körper ruhte starr auf einem Bett von zufällig hingeworfenen Lederschilden. Er beugte sich, hob den Toten bei den Schultern und küsste die wachskühlen Lippen.

Ein Jubelschrei, elementarisch tosend, durchschnitt und erschütterte die Luft wie das jäh donnernde Geprassel einer vom Berghang stürzenden Steinlawine. Die Makedonier nahmen diese Handlung für etwas anderes, als sie war. Mit leuchtenden Augen drängten sie sich heran. Diejenigen, denen es gelungen war, seinen raschen brüderlichen Kuss auf Stirn, Haar, Wange oder Schulter zu erhalten, traten mit einem Ausdruck wilder Beseligung aus dem bewegten Kreis. Sie bezauberten wieder andere, die des Glücks noch nicht teilhaftig geworden, dass sie sich in den Menschenwall um Alexander wie in einen feindlichen Heerhaufen warfen. Sie waren berauscht, wenn sie nur mit dem Finger seinen Arm berühren konnten. Endlich griffen sie wieder zu den Waffen und forderten, dass man ins Lager ziehen und das Versöhnungsmahl feiern solle. Die Sklaven wurden sichtbar, allenthalben flammten Fackeln, und nach kurzer Zeit war die Terrasse, der Vorhof, der Platz, die Straßen verödet. Der Lärm verhallte in der dunklen Ferne. Die Wachen schritten langsam ihren vorgeschriebenen Weg und beobachteten das Aufblitzen der rötlichen Sterne. Aus der Stadt schallte traurig hingezogen ein Hornton von einem Tempelturm. Zur Nachtzeit erwachte erst das Land. Gleich dem Leib eines unheimlichen Tieres lag es da und schlug die finster träumenden Augen auf.

Auch das Innere des Palastes war verödet. In dem gewölbten Gang, der zu den Wohnräumen führte, brannte eine einzige Fackel; sie erhob sich schlank aus einer Schale, welche das herabtropfende Harz auffing. Die bunten Teppiche vor den Eingängen bewegten sich in der Zugluft wie schwere Fahnen. Nur der letzte Raum hatte eine Türe. In der Tiefe dieses Gemachs lag Hephaistion auf einem schmalen Ruhebett, den Kopf auf den Arm gestützt. Sein Gesicht zeigte eine Versonnenheit, die die Züge so auseinander dehnte und leblos machte, dass die Augen nur wie zufällig belebte Dinge darin schwammen. Die schwach lodernde Flamme eines Feuerbeckens färbte die Mauerwände rötlich, die schwarzen Arabesken auf dem weißen Grund schienen sich zu regen wie krabbelndes Getier. Die beiden Tragstatuen, Sinnbilder der Fruchtbarkeit, zitterten in dem rastlosen Schattengewoge; jede hielt ein Gefäß, aus dem ein steinerner Strom an ihren plumpen Leibern nieder floss.

Hephaistion senkte den Kopf tief, um unterzutauchen in die Stille. Da hörte er ein Geräusch; auffahrend gewahrte er zwischen den beiden Steinbildern, formlos in dem ungewissen Licht, die Gestalt eines Weibes. Sie rührte sich nicht. Ihre linke Hand hielt noch die Türe fest.

Es war Drypetis. Ihr schmaler Kopf mit dem langen Kinn der verdorbenen Rassen war halb abgewandt, als sei auch sie ergriffen von dem Schweigen, das im Palast und in den Höfen lagerte. Es war kein anderes Geräusch zu hören als aus unbestimmter Richtung das schläfrige Plätschern eines Brunnenwassers.

»Seit wann verlassen die Frauen eigenmächtig ihre Wohnungen?« fragte Hephaistion.

Drypetis antwortete nicht. Die grauen Augen wandten sich nicht vom Feuerbecken. Plötzlich stürzte sie vor Hephaistion auf die Knie und packte seine widerstrebende Hand. »Geh mit mir in deine Heimat,« flüsterte sie, »dort will ich deine Sklavin sein, will strenge Arbeit tun.«

Es machte Eindruck auf Hephaistion, dass sich ihm so unvermutet eine Seele schenkte, wenn auch nur die eines Weibes. Aber ihm war es nicht gegeben, die linke Hand nach einer Blüte auszustrecken, wenn die rechte eine Welt verloren hatte. Es war kein Band zwischen ihm und Drypetis, und er gab ihr das in rücksichtsvoller Weise zu verstehen. Er verlor sich in seine eigenen Worte; er sprach von einem Spiegel, den das Schicksal zerbrochen habe, und von einem zugeschlossenen Garten, zu dem der Schlüssel weggeworfen sei. Er sprach von Wesen, die der Flamme gleichen, und von andern Wesen, die wie Rauch seien. Er redete in sich selbst hinein und brach mit einem Seufzer ab.

Drypetis verstand ihn nicht, doch was er sagte, weckte in ihrem Innern ein Echo, dem sie sinnend und verwirrt nachlauschte. Sie heftete einen Blick grundloser Dankbarkeit auf Hephaistion.

»Geh nur, Drypetis,« sagte er, »du bist frei. Nach habe ich dich nicht angetastet. Vermähle dich mit einem deines Volkes.«

Geheimnisvoll lächelnd schüttelte Drypetis den Kopf. »Nicht nur mit dem Leib sind Menschen aneinander gebunden,« antwortete sie, und nach kurzem Schweigen fuhr sie flehend fort, Hephaistion möge in dieser Nacht den Palast nicht verlassen. »Ich hatte einen Traum,« sagte sie, »Traumfurcht zwingt mich zu der Bitte . . .«

Hephaistion schwieg.

Leider hat die Zunge nur ihre Worte und das Herz nichts als seine Angst, dachte Drypetis. Sie nagte beklommen an der Unterlippe. Bevor sie den Schleier über das Gesicht zog, schien es sich von innen heraus zu verschleiern. Dann ging sie.

Nach einer Weile verließ Hephaistion ebenfalls den Raum und schritt den Gang entlang bis er in ein kleines, kuppel ähnliches Rundgemach kam, das um mehrere Stufen tiefer lag, von den bewohnten Räumen entfernt. Es war durch eine Öllampe erhellt, deren Schein auf die hölzerne Statue eines gefesselten Eros fiel. Die Figur stand auf niedrigem Postament, ihre verwitterten Züge, ihre vielfach beschädigten Glieder deuteten auf hohes Alter. Doch entbehrte sie keineswegs einer edlen kargen Schönheit. Der Leib über den eng geschlossenen Beinen war schmal und lang, der Ausdruck des Gesichts von besonnener Freundlichkeit.

Hephaistion nahm einen Talisman, der ihm an silberner Kette um den Hals hing und legte ihn zu Füßen des Eros nieder. Als er aus dem friedlichen Kreis des Gottes trat, war ihm traurig zu Sinn. Den Tod fürchten wir, das Leben sollen wir nicht lieben, dachte er, so führt der Weg ins Dämmernde und Gefühllose.

Er verließ den Palast, stieg die Terrasse hinab und ging in die schwüle Nacht hinein.

Die Straßen waren leer. Die Sterne blinzelten dumpf durch die Dünste, die den Himmel belagerten. Es gluckste das Wasser eines Kanals, Schilf stand an den Ufern. Aus weiter Ferne tönte der Lärm des Lagers. Ein niederer Tempelbau tauchte auf, von kleinen Kuppeln gekrönt.

In einer Anwandlung von Schwäche ließ sich Hephaistion unter einer Tamariske auf die Erde nieder. Es war etwas Ärgeres als Trunkenheit in ihm, lähmender als Fesseln. Er konnte durch die Mauer hindurch in den lichterfüllten Raum des Tempels sehen. Er sah das Gesicht eines Weibes, das mit getrennten Lippen wild und stier lächelte. Vierundzwanzig Lampen brannten im Kreis, für jede Stunde des Tages eine. Die Mauern aus blau glasiertem Ton bogen sich schwerfällig nach aufwärts und vereinigten sich in einem goldenen Ring, von welchem zuckend eine Schlange herabhing. An der Wand dehnte sich vielfarbig, von einem Ende zum andern hinübergebogen, mit den Flügeln den Kreis der Wölbung umspannend, der Dämon des Fiebers: ein halb entfleischter Totenkopf mit gelb lohenden Augen und Ziegenhörnern; mit vier Flügeln am Rumpf, schien er durch einen selbst geschaffenen Raum verderbensspeihend einherzurasen.

Das Weib erhob sich. Langsam schritt sie zu der ersten Lampe und blies sie aus, dann zur zweiten, zur dritten, und so ringsum. In dem Maß wie die Beleuchtung immer düsterer wurde, verfinsterte sich ihr Gesicht, und als sie beim Licht der Mitternachtsstunde angekommen war, zeigte es kein Lächeln mehr. Durch ihre geschlossenen Augen sickerten Tränen, ihr Mund war verzerrt. Sie verlöschte das letzte Licht. Der Leib der Schlange leuchtete phosphorisch . . .

Hephaistion schlief. Die durchwachten Nächte forderten ihre Stunden zurück. Doch allmählich ging sein Schlaf wieder in halbes Wachen über, und er vernahm eine Stimme:

> Von Millionen Jahren bin ich auserwählt,
> Dem unteren Himmel entstiegen,
> Ich habe die Sterne des Himmels gezählt,
> Muss über den Wassern fliegen.
> Es schwindet der Fluss, die Erde sprüht,
> Das Auge des Vaters im Zorn erglüht,
> Finster bin ich, finster bin ich.«

Die Augen aufschlagend, sah Hephaistion fackeltragende Sklaven, die ihn umstanden. Und dicht vor ihm das Weib, das er visionenhaft im Tempel gesehen. Doch erkannte er sie jetzt, es war Liblitu, die während Alexanders Abwesenheit Klage über die Leute des Meno geführt hatte. Das rötliche Haar umflatterte mähnengleich ihr Gesicht. In ihren Augen lag das Fieber, ihr Körper schauderte vom Fieber, und sie kam, um Heilung zu erflehen, zum Tempel des Fiebergottes.

Eine eisige Erwartung entstand in Hephaistion, ob das Gebilde sprechen würde, welche Worte den verrucht lächelnden Mund verlassen würden. Unwillkürlich hob er den Kopf. Und plötzlich spürte er sich umfasst, Arme um seinen Hals, tastende Hände an seinem Nacken, den Hauch eines Mundes und sah ein Gesicht, gefährlich lachend vor Lust und Mord und Liebe. Denkst du nicht an das Wehgeschrei der Kinder in den Flammenhaufen? flüsterte es; sie streckten die Arme aus, und es glich einem Wald von kleinen Baumstämmen mit geschälter Rinde. Hörst du die Mütter schreien? Blut strömt durch die marmorgepflasterten Straßen. Hörst du die Mütter schreien wie eingesperrte Wölfe? Fühlst du, wie Asien zittert? Ich liebe dich, Zerstörer, trinke den Tod aus mir, deine Augen will ich dir aus dem Kopf schlürfen . . .

Hephaistion vergingen die Sinne. Aufschreiend, aufjubelnd warf sich die Babylonierin über ihn, bohrte die Zähne in seine Schulter und trank sein Blut, und wenn sie den Kopf erhob, um Atem zu schöpfen, gellte sie den Namen der Anahita in die Luft. Hephaistion war es, als erlitte er einen beständigen qualvollen Tod. Er hörte das eigene Blut tönend in den Adern rollen, das Herz pochte laut wie der Hammer einer Glocke, schwefliges Licht umgab ihn, die Fackeln verschwanden, die Morgenröte überzog das ganze Rund des Himmels, giftiger Schlaf überwältigte ihn, und aus dem Wasser stiegen die Dünste.

Sechstes Kapitel

Fieber

Im selben Morgenschein kam vom Tigris herüber Arrhidäus mit seiner Schar. Zehn Tage war er in der Ebene jenseits des Stromes geblieben. Während ein großer Teil seiner Söldner heimlich ins große Lager entwich, verweilte er geduldig Tag um Tag, flöteblasend, Fische fangend oder jagend, bis alle Vorzeichen günstig waren.

Durch das westliche Tor zog er in die Stadt und zum Palast, stieg vor der Terrasse vom Pferd und ging, von seinen Hauptleuten begleitet, rasch die Treppen hinauf. Von der Wache am Portal angehalten, nannte er ärgerlich seinen Namen. Alexander ist im Bad, hieß es. »Ich bin Alexanders Bruder,« sagte Arrhidäus eindringlich und stolz. Wenn du nicht Alexander selbst bist, können wir dich nicht einlassen, wurde ihm erwidert.

In diesem Augenblick kamen Leonnatos und Perdikkas aus dem Tor. Ihre Mienen verrieten eine gewisse Bestürzung. Alexander hatte nach Hephaistion verlangt, als er vom Gelage zurückgekommen war, und seit einer Stunde suchten sie Hephaistion, hatten ins Lager geschickt, in die Zelte seiner Freunde, in die Frauenwohnungen.

Arrhidäus erkannte Perdikkas. Er trat auf ihn zu und sagte mit einer Herzlichkeit, mit der man einen Freund nach Jahren der Trennung begrüßt: »Dich liebt Gott, mein Perdikkas! Du bist jünger als vor zwölf Jahren, der Ruhm steht dir gut. Erinnerst du dich meiner? Ich bin Arrhidäus. Geh, sag' doch meinem Bruder Alexander, dass ich ihn sehen möchte.«

Perdikkas stutzte und konnte wie Leonnatos sich nicht enthalten zu lächeln; vielleicht über das naive Selbstbewusstsein im Gegensatz zu dem dürftigen Aufzug des Mannes, vielleicht über das Gemisch von Schwermut und Beweglichkeit in dem hageren langnasigen Gesicht.

»Du musst warten, Arrhidäus,« sagte Leonnatos und betrachtete den Seltsamen neugierig.

Arrhidäus senkte traurig den Kopf. Viele würden an seiner Statt geschwiegen haben, aber er war nicht fähig, einen Gedanken oder eine Empfindung in sich zu verschließen. »Soll ich denn an der Türe stehen bleiben?« fragte er, von einem zum andern blickend. »Ich bin Philipps Sohn, ich bin ein freier Mann, und wenn man auch von meinen Taten noch nichts weiß, so ist es nur, weil sie noch nicht getan sind.«

Ein verlegenes Schweigen folgte diesen von der Logik eines Kindes erfüllten Worten. »Ist es denn so eilig, was du vorzubringen hast?« fragte Perdikkas mit billiger Ironie.

Voll Schicksalsbangigkeit blickte Arrhidäus den Frager an. »Ich habe nichts mehr, um meine Leute zu bezahlen,« sagte er zutraulich. »Ich bin arm, Alexander ist reich, das ist alles. Wenn ich Alexander wäre, würde ich wissen, was Arrhidäus gebührt.«

Stillverwundert schüttelte Leonnatos den Kopf, und Perdikkas lachte. Dann stiegen beide zu Pferd und ritten nach verschiedenen Richtungen ins Lager.

Bald kamen die Führer zum Tagbericht, und der Oberste der Wache brachte die Erlaubnis zum Einlass.

In dem lang gestreckten Empfangssaal herrschte kühle Dämmerung, nur vor den Hohlfenstern lag das Sonnenlicht weiß wie Milch. Arrhidäus drängte sich weit nach vorn, um von Alexander gesehen zu werden. Er erblasste und fing an zu zittern, als ihn Alexanders Blick traf. Das erregt wartende Lächeln zerschmolz auf seinen Lippen. Zum Zeichen, dass er ihn wohl erkenne, nickte ihm Alexander zu, aber er rief ihn nicht, er hatte nicht Lust, ihm die Hand zu reichen, es war, als ob statt vieler Jahre wenige Stunden verflossen wären, seit sie einander zuletzt gesehen. Arrhidäus schämte sich. Chaotischer Hass durchwühlte die verfinsterte, gekränkte Seele, die eben noch zur Liebe bereit gewesen. Er war zu stolz, um ein Anliegen vorzubringen, selbstquälerisch gefiel er sich in seinem Schmerz; je tiefer ihn die Gegenwart hinab warf, je höher würde ihn die Zukunft erheben. Das war sein Glaube, seine Fantasie nahm die Erde in Besitz, kettete freischaltend Bestimmung an Bestimmung, bis der Kreis des Schicksals geschlossen war. In solchen Stunden war ihm zumute, als könne er ins Innere des Weltkernes schauen, als höre er das Herz der Gottheit schlagen, und es erschien unwesentlich, eine Tat zu vollbringen, wenn der Wunsch sie gestaltet hatte. Wären die entsetzlichen Krämpfe und Zuckungen seines Körpers nicht gewesen, die auf so erhabene Augenblicke folgten, dann hätte er sie mit keinem greifbaren Glück vertauschen mögen.

Eine Frau hatte sich durch die um Alexander stehenden Männer gedrängt, – Drypetis, deren Eintritt niemand beachtet hatte. Stumm reichte sie Alexander den Talisman Hephaistions, den sie bei der rasenden Suche nach dem Gatten vor dem Bild des Eros gefunden hatte.

Verwundert betrachtete Alexander das Ding; es war der Schwanz einer Taube, aus Elfenbein gebildet und mit ägyptischen Hieroglyphen gedeckt. Er erkannte es. Einen zufälligen Verlust konnte er nicht annehmen. Er fragte die Perserin, wie sie dazu gekommen sei, und als ihre blutlosen Lippen den Ort nannten, zog ein fragendes Befremden über sein Gesicht und sein Blick flog sinnend ins Leere.

Zwischen dem Lager der Griechen und der Morgenländer befand sich inmitten eines Zypressenhains ein ummauerter Brunnen. Außerhalb des Schattenkreises knisterte das Gras vor Hitze. Von den Strömen herüber kamen unendliche Schwärme von Insekten und schwebten auf und ab wie vom Wind bewegte Schleier. Ein Fäulnisgeruch lag in der Luft wie über geöffneten Gräbern.

Am Rande des Brunnens saß Hephaistion auf einer niedrigen Steinbank. Seine Augen verlangten nach der Kühle und Dunkelheit in der Tiefe des Brunnens.

Langsam kamen zwei Meder und ließen einen schweren Eimer hinab. Während die Kette hinunterrasselte, betrachteten sie Hephaistion scheu. Schläfrig vor sich hinsummend, zogen sie das gefüllte Gefäß wieder herauf und verschwanden bald, wankenden Schrittes die Last schleppend, im Sonnenglast.

Hephaistions Gewand war staubbedeckt. Dünne Zweige und kleine Blätter hingen ihm verworren im Haar.

Er träumte. Er träumte von einem kühlen Tal in den Gebirgen Makedoniens und von einer Hütte, wo sieben Kinder um eine wunderschöne Mutter spielten. Es war Hephaistions heimatliches Haus. Der schmeichlerische Ton der Hirtenflöte klang von den Hängen herüber, bevor der Abend kam. O stille Heimat, ungebrochenes Schweigen! O tiefe Lust, wenn zum Sommerfest die Paare kamen, mit Myrten und Wasserminze geschmückt und der älteste der Hirten den Wein kredenzte, wenn die Nacht sank und der reine Mond die Täler füllte und schweigend die Knaben zu der Quelle wanderten, wo einst die Dioskuren geschlafen.

Einige Reiter näherten sich dem Zypressendunkel, an der Spitze Leonnatos. Sie waren müde vom Suchen und erschöpft von der Hitze. Einer sprengte voraus und warf einen Blick in das Schattengrün. Das Tier wollte nicht umkehren, es witterte Wasser. Die andern kamen nach, erblickten die zusammengekauerte Gestalt am Brunnen und erkannten Hephaistion.

Leonnatos sprang vom Pferd und trat vor Hephaistion hin. Dieser rührte sich nicht. Den Arm auf die verfallene Ziegelmauer des Brunnens gestützt, schaute er unbeweglich in die Tiefe. Hätte Leonnatos nicht seine Brust atmen, die Adern des Halses zucken gesehen, er hätte ihn tot geglaubt.

»Du bist weiß wie Schnee, Hephaistion,« sagte er, ging noch einen Schritt näher, beugte sich über den Regungslosen und legte die Hand auf dessen Schulter. Seine Gefährten standen stumm unter den Bäumen und hielten ihre Rosse fest.

Da erhob sich Hephaistion. Er erkannte Leonnatos und dennoch erschien er ihm fremd. Mit den Fingerspitzen beider Hände tastete er an seinen Wangen herab, wie um ihre Blässe zu befühlen, und murmelte: »Meine Sklaven sollen mir Schminke bringen.«

»Alexander lässt dich suchen,« sagte Leonnatos.

Hephaistion schaute zwischen den Stämmen hindurch in den Sonnenbrand und schüttelte den Kopf. Doch folgte er Leonnatos, der ihn zu den Pferden führte. Sie ritten ins Lager. Schon von Weitem kamen ihnen die Sklaven Hephaistions entgegengelaufen, die ihren Herrn erkannt hatten und ihn schreiend begrüßten. Hephaistion verlangte Wasser. Ein phrygischer Knabe lief gazellengeschwind davon, seine ölfetten Glieder funkelten. Schon bei den ersten Zelten stand er mit der gefüllten Schale. – Aber das Wasser schmeckte warm und schlecht; Hephaistion schüttelte sich und goss es über den Hals des Pferdes aus. Er forderte Wein. Man brachte ihm einen tiefen Becher gefüllt, und er trank ihn leer. Dann stieg er ab. Sein Haar war schweißfeucht. Ihn fror. Was er sah, flog wie eine Jagd verzerrter Bilder an Sinn und Auge vorüber. Mit übermenschlicher Kraft hielt er sich aufrecht und zwang die Gedanken, den äußeren Vorgängen zu folgen. Wenn Himmel und Erde sich um ihn drehten, schloss er die Augen und biss die Zähne zusammen. Die Sklaven führten ihn ins Bad.

Inzwischen hatte Alexander die gegen die Kossäer ziehenden Truppen gemustert und dem Meleager an Hephaistions Stelle die Führung übergeben. Als er zurückkam, war sein erstes Wort die Frage nach Hephaistion. Es wurde ihm gesagt, Hephaistion sei vor Kurzem mit Leonnatos gesehen worden. Er schickte einen Edelknaben nach Hephaistions Wohnung in den Palast. Draußen warteten die Boten, die schon am Mittag angekommen waren; sie brachten Unheil und Ungemach: Aufstand in Baktrien, in Indien, in Griechenland, Räuberhorden in Lydien, Brand der Stadt Damaskus, Widersetzlichkeit der Chaldäer in Babylon, ungetreue Statthalter, verräterische Feldherren. Alexander kümmerte sich nicht darum. Seine Sehnsucht nach Hephaistion war plötzlich schmerzhaft geworden und brachte sein Blut in die heftigste Wallung. Unruhig ging er im Zelt auf und ab, als der Edelknabe zurückkam. Hephaistion wolle nicht kommen, könne nicht kommen, sagte der Jüngling, und Alexanders flammender Blick ließ ihn verstummen. Alexander rief die makedonische Wache und einen Unterführer; schäumend vor Ungeduld, befahl er ihnen, Hephaistion zu bringen. Er bedachte seine Worte nicht, erst als sie geraume Zeit fort waren, fiel ihm ins Ohr, was er gesagt. Er eilte hinaus, warf sich auf ein Pferd und stürmte in den Palast. Seine Ahnung war begründet. Die Söldner hatten sich an den Wortlaut seines Auftrags gehalten, hatten mit ihren Beilen die Türe zu Hephaistions Zimmer eingeschlagen, da er auf ihr wiederholtes Rufen nicht geöffnet, und als Alexander kam, musste er schon über Trümmer schreiten, um zu dem Freund zu gelangen.

Da stand Hephaistion in der Dämmerung. Seine Stirn, seine Wangen, sein Hals glühten, seine Brust war im Innern wie entzündet. Was er sagen wollte, verlor sich in Flammen. Mit einem Freudenschrei lief Alexander auf ihn zu. Wie ein Liebender die Braut umarmt, so umarmte, umklammerte er ihn. Er küsste ihn auf die Lippen und fragte zärtlich: »Warum sind deine Lippen kalt?« er betastete ihm Haupt und Hände, er lachte kindlich und herzte ihn, – aber Hephaistion? Hephaistion schwieg. Hephaistion schaute in Alexanders Augen, er schaute tief in ihn hinein. Da war er des Lebens müde, da begann er des Todes sich zu freuen. Denn was er in einer Sekunde überirdischer Hellsichtigkeit dort erblickte, war ein Schicksal, so hart, so qualvoll, so unerhört, dass es zum Wahnsinn führte, nur darum zu wissen. Wie sie nun so Brust an Brust standen, blickte jeder in eine andere Welt. Plötzlich machte sich Hephaistion los, drückte Alexander stumm die Hand und ging, seine Schwäche verbergend, den Rest der Besinnung gewaltsam festhaltend. Jetzt war Alexander durch etwas Geheimnisvolles in Hephaistion betroffen. Er setzte sich auf einen Sessel, stützte den Kopf in die Hand und verfiel in ein langes Nachdenken, beeinflusst durch die Nacht, durch die starr horchenden Augen der Söldner, durch irgendeinen Singsang vor dem Tor und durch eine wunderliche Trauer, die aus seinem Innern stieg wie Nebel aus dem Wasser.

Hephaistion verließ die Stadt. Er war mit eiskaltem Schweiß bedeckt, und der Kopf auf den Schultern wurde ihm zur fürchterlichen Last. Wenn er die Augen aufschlug, schwirrte die Luft um ihn wie geschmolzenes Silber. Vor einem Zelt war eine Frauensperson beschäftigt, Melonen aufzuschneiden und in Honigwasser zu legen. Ihn erfasste Begierde nach der Frucht, ebenso rasch ekelte ihn wieder. Der Hauch aus seinem Mund war so heiß und trocken, dass bei jedem Atemzug die Lippen schmerzten. Die Knochen schienen als eine weichliche Masse im Körper zu zerfließen. Verzehrend war sein Durst, aber er konnte nicht reden. Er hörte das Meer, es war wie ein wunderbares Töne-Gespinst, und den Zuruf der Matrosen. Ryppapai, riefen sie, Ryppapai!

In geringer Entfernung tauchte ein Zug von Männern auf: Griechen, Perser, Babylonier. Ihre Gesichter waren aufgedunsen. Sie verrenkten im Tanz die Glieder, jauchzten und jammerten, trugen kleine geschnitzte Götterbilder, die sie küssten. Allen voran stand Liblitu in einem muschelförmigen Wagen auf hohen Bronzerädern, der von zwei zahmen mesopotamischen Panthern gezogen wurde.

Hephaistion sah sich der Babylonierin gegenüber. Von den Haaren herab wallte ihr nach rückwärts ein weißes Gewebe, das ganz mit Silberplättchen durchflochten war und einen zauberhaften Schimmer verbreitete. Wie in einer glitzernden Wolke stand sie nackt darin. Dicke Perlenketten liefen von Ohr zu Ohr über die Stirn, und zwischen den Brüsten trug sie, an dünner Goldkette befestigt, einen herrlichen Topas.

Hephaistion wandte keinen Blick von ihr. »Du Traumgenosse,« redete sie ihn lächelnd an.

Die Panthertiere wurden unruhig, ihre tückischen gelben verschlafenen Augen zogen sich zusammen. Sie schlugen mit den Schwänzen und scharrten mit den Pranken die Erde. Als Liblitu mit der Zunge schnalzte, setzten sie sich in Bewegung. Das Gesicht des Weibes, vom Fieber verzerrt, blieb Hephaistion zugewandt. »Du Traumgenosse,« sagte sie.

Ein Priester stimmte den Klagegesang an, um die Dämonen des Fiebers zu rühren: In Fesseln bin ich geworfen, ein Dolch hat mich durchbohrt, ich kann nicht mehr aufatmen in der Nacht, meine Gedanken sind zerrissen, kein Gott hilft, keine Göttin fasst meine Hand, offen ist das Grab.

Sie waren vor dem Tempel angelangt. Der Oberpriester öffnete das Tor und sagte: »Tritt ein, meine Herrin, die Todesgöttin befiehlt es.«

Liblitu stieg vom Wagen. Der alte Priester nahm ihr die Perlenschnur von der Stirn. »Warum, Wächter, nimmst du mein Geschmeide?« fragte sie demütig.

»Die Todesgöttin befiehlt es,« antwortete der Priester. Dann löste er die Nadel, durch die der Schleier in den Haaren befestigt war.

»Warum, Wächter, tust du das?« fragte sie.

»Die Todesgöttin befiehlt es,« entgegnete der Priester.

Die Nacht kroch über die Stadt, lauernd wie ein Skorpion. Ihre Augen funkelten von Mordgier. Sie fraß das Licht von der Erde weg wie eine Schlange den harmlos zögernden Vogel, würgte es hinab in ihren Bauch

– der an- und anschwoll, die Finsternis selbst. Es ragten Säulen in diese Dunkelheit, wie angsterstarrte Warnungsfinger, Mauern erhoben sich wie todumfangene Stirnen, Straßen liefen wie Sand, der vor Grauen beweglich geworden ist, Palmen standen mit den Kronen auf eine Seite geneigt gleich windbewegten Fackelflammen. Es dufteten die Malven, das Kardamon- und Phönixgras.

Niemand durfte schlafen oder wachen in Opis. Die erstgeborenen Söhne wurden in unterirdische Gemächer gebracht und man zitterte für ihr Leben. Alle Fieberkranken wurden vor die Mauern getrieben; entkleidet und mit grässlichem Geschrei jagten sie durch die Dunkelheit und mieden die hellerleuchteten Lager der fremden Heere.

Perser und Makedonier, durch die Gastfreundschaft der Fürsten vereinigt, feierten ein Trinkgelage. Die goldbefransten Purpurdecken der Zelte glühten in tausendfachem Fackellicht und im Schein der mächtigen Pechflammen. Von Stamm zu Stamm der jungen Zypressen kränzten und spannten sich dunkelleuchtende Weinreben. Alles schrie, sang und tanzte. Zu Hunderten hatten sich fremde Barbaren eingefunden, mit Lorbeer und Efeu geschmückt. Sklaven lagen bäuchlings und schlürften den auf der Erde verschütteten Wein. Man verlangte nach Alexander. Alexander war beim Fackellauf der Knaben. Kyprische Kranzflechterinnen zogen Lieder singend zum Platz des Wettkampfes.

Da ertönte aus der Finsternis der Ebene herein ein Schrei: furchtbar lang gezogen, heiser, in Absätzen immer wieder beginnend. Und er kam näher. An der Grenze des Lichtkreises tauchte ein riesengroßer Körper auf, oder doch riesengroß erscheinend in der zerteilten Beleuchtung, eine rote Brust, ein helmloses Haupt von schwarzen Haaren umstürmt, zähnefletschend, die Lippen voll Schaum. Mehr gleitend als gehend, schleifte er weit vorgebeugt an seinem linken Arm einen Weiberkörper nach, den er an den Haarwurzeln gefasst hatte.

Die Makedonier taumelten entsetzt auseinander, als sie Hephaistion erkannten. Sein Kleid war zerfetzt, die Rüstung beschmutzt, die Füße nackt. Fortwährend schrie er denselben Schrei. Er sauste in den Lichtkreis der Gelage und schleuderte die Babylonierin, die er an den Haaren dahergezogen hatte, wie ein erlegtes Wild quer über einen der Tische. Dann wankte er und stützte die Stirn schwer gegen den Stamm eines Baumes. Der Saft einer Traube, die er so zerquetschte, rann ihm wie Blut über das Gesicht. Er ergriff mit beiden Armen eine hüftenhohe Amphore, neigte sie, kauerte nieder und trank in gierigen Zügen. Als er fertig war, blickte er starr zum Himmel und sah Sterne, Sterne hoch über Wasser und Land, den stillen Nordstern und Dionysos leuchtendes Antlitz.

Langsam schlossen sich seine Augen. Schauer auf Schauer durchschüttelte ihn. Er griff mit den Armen um sich und stürzte zu Boden. Ein Grieche suchte ihn aufzuhalten »Er stirbt!« Schrien die Makedonier. Der Hauptmann Lamachos warf sich auf ein Pferd um Alexander zu holen. Einige liefen nach den Ärzten. Ein paar Sklaven umstanden den Leichnam der Liblitu.

Siebentes Kapitel

Die Nächte zwischen den Strömen

Alexander war über die Brüstung des Spielplatzes gebeugt und jauchzte dem Makedonischen Knaben zu, der mit der Fackel im hocherhobenen Arm wie ein Vogel dem Ziel entgegen flog.

Der Sand spritzte von den Zehen des Jünglings. Die fast wagrecht liegende Flamme der Fackel schien der stürmischen Bewegung entgegenzuwirken, und wie die Sandkörner von den Füßen des Läufers, sprühten die Funken von ihr in die Nacht. Dicht hinter dem Makedonier folgten zwei junge Griechen, dann andere, die für den Wettkampf gar nicht mehr in Betracht kamen.

Die Gesichter der Zuschauer tauchten in die Halbnacht, und die geöffneten Lippen formten schon den Schrei, mit dem sie den Sieger begrüßen wollten. Noch drei Spannen, – noch eine, – der Makedonier hatte gewonnen. Aufseufzend wie ein Sterbender brach er in die Knie, die Fackel flog verlöschend von ihm zu Boden, mit beiden Händen umklammerte er den Pflock, und während die Griechen, über seinen Körper stolpernd, gleichfalls niederstürzten, erschallte das betäubende Beifallsgeschrei der Makedonier. Sie klatschten in die Hände, stampften auf den Boden, warfen Blumen und Kränze über den Sieger, dessen Körper von einer dicken Staubkruste überzogen war.

Da drängte sich ein Mann durch den Schwarm um Alexander. Es war Lamachos. »Höre mich, Alexander,« rief er mit durchdringender Stimme. »Hephaistion stirbt soeben.«

Alexander schaute den Mann an. Sein Gesicht wurde schlohweiß und die Arme, schon zum Schritt bewegt, fielen wie Blei am Körper herab.

Es wurde ringsum ein wenig stiller.

Lamachos machte eine zur Eile drängende Bewegung. Mit beiden Händen fuhr sich Alexander an den Hals, als wehre er sich gegen eine erdrosselnde Faust. Er packte den Boten am Arm und zog ihn fort. »Mein Pferd,« ächzte er. Verwundert und ängstlich folgten einige Leute.

Den Weg weisend, flog Lamachos auf seinem Pferd voran, Alexander, fast auf dem Hals des Tieres kauernd, ihm nach. In kurzer Zeit waren sie am Ziel. Aufschreiend wichen die den Schauplatz Umdrängenden zur Seite, als die Reiter ohne Zuruf in sie hineinsprengten.

Man hatte Hephaistion in ein großes Doppelzelt getragen. Ein Arzt kniete neben ihm und horchte, ob das Herz noch schlug.

Lautlos warf sich Alexander hin. Mit zitternder Hand befühlte er die Stirn, die Wangen, den Hals des Bewusstlosen und drückte seinen Mund auf die ersterbenden Lippen. Hephaistion regte sich, die Schultern hoben sich und pressten sich im Krampf gegen den Hals, der Bauch wölbte sich empor, die Hüften erbebten, die Knie schoben sich auseinander. Er empfand Alexanders Gegenwart, tastete blind nach seiner Hand und wollte sprechen. Da kam ein neuer Fieberschauer über den machtlosen Körper, gleichwie der Sturm den schon entwurzelten Baum noch einmal wütend ergreift und vor sich herwälzt.

Regungslos lag Alexander und hielt Hephaistions kalte, steinschwere Hand in der seinen. Sein Äußeres war gänzlich zugeschlossen. Die Augenlider waren herabgefallen, der zusammengekauerte Rumpf rührte sich nicht. Stunde auf Stunde verging. Die Ärzte entfernten sich, ihnen folgten die anwesenden Makedonier, einer verschwand nach dem andern. Alexander war ihnen unheimlich in seiner Versteinerung. Der Letzte löste die Goldschnur von dem aufgebundenen Zeltvorhang, und sie ließen ihn allein mit dem Leichnam.

War die Vergangenheit etwas Wirkliches? War diese Gegenwart wahr? Warum bewegte sie diesen Körper nicht, warum öffnete sie nicht Hephaistions Augen? Gab es ein Nachdenken, das die Züge so entstellen konnte? Und dies Schweigen verbarg ein Geheimnis, diese bläulichen Lippen waren das Siegel eines unerforschlichen Geheimnisses. Zitterte nicht das Haar? Es war kalt wie Steppengras in der Nacht. Den Hals durchzogen blaue, marmorstille Adern, und die offene Brust ließ die schöne Nacktheit des schlanken Körpers ahnen.

Wer hätte das Antlitz des Todes besser kennen sollen als Alexander? Aber die auf den Schlachtfeldern lagen, unbeseelte Wesen, schienen nichts verloren zu haben als ein zufälliges Merkmal der Freude oder des Schmerzes. Blut rann von ihren Stirnen oder ihr Leib war zerschnitten oder ihre Glieder zertrümmert. Von einer letzten sekundenkurzen Furcht waren die Lippen verzerrt, und der Greis wie der Jüngling bohrten die Finger in die Erde, die sie noch nicht verlassen wollten. Und trotzdem, ihr Leib ist Erde, die menschliche Form verwischt, sie haben auch nichts mit hinübergenommen, sie leben weiter in den Lebendigen, vollzählig sind die Stimmen bei der neuen Schlacht, es fehlt keine.

Und nun spürte Alexander, dass eine Stimme fehlte. Sein Wille verließ zum ersten Mal das verschlossene Gehäuse und strebte zu einer fremden

Seelenwohnung hinüber und sah, dass sie leer stand und konnte nicht wieder umkehren und blieb frierend im Raum, beschaute die schwankenden Kreise des Lebens. Und als er jetzt auf Hephaistion blickte, da erst erkannte er ihn für tot. Da fühlte er, noch nicht mit ganzer Sicherheit, noch trüb und weit fühlte er, was es mit dem Tod sei und was es mit den Menschen sei und mit der Liebe von Mensch zu Mensch. Es war, als ob die festen Stützen eines Weges unter ihm geborsten wären, alle Begriffe waren entkleidet, Nacht war nicht mehr Nacht wie sonst, sondern Verhängnis, Zwiespalt, Ende, Furcht. Schlaf nicht mehr Schlaf, sondern Dürftigkeit, Erliegen, Schwäche, Ausgeliefertsein. Der Schmerz vermehrte sich durch die Erkenntnis, die Empfindung der Unwiederbringlichkeit zerstörte das Gefühl der Macht, des Erfolgs, der Wichtigkeit, alles . . .

Um die Dämmerungsstunde hörten die vor dem Zelt Versammelten ein so grässliches Jammergetön, dass die Luft sich zu sträuben schien, es weiterzutragen. Eumenes stürzte in das Zelt, ihm folgten andere.

Etwas entfernt von der Leiche kniete Alexander mit ausgestreckten, gleich Pendeln sich auf und ab bewegenden Armen. Die Haare hingen ihm so über das Gesicht, dass nur der geöffnete Mund sichtbar war. Er rutschte auf den Knien und drehte sich dabei um sich selbst und heulte wie ein Tier und schlug in der Verzweiflung die Hände klatschend zusammen und sein Rumpf wand sich vor Schmerz hin und her wie der Rumpf eines Vergifteten. Die Gewänder hatte er aufgerissen, die Haut der Brust war blutig, und während die Eingetretenen von Entsetzen gelähmt noch dastanden, fiel er ohnmächtig hin und die Stirn schlug gegen einen Pfosten des Totenlagers.

Eumenes kniete nieder, packte Alexander an den Schultern und suchte ihn emporzuheben. Zwei halfen ihm. Sie trugen den Bewusstlosen auf ein Ruhebett. Eumenes kehrte zurück und öffnete den Eingang, damit die Luft den Leichen- und Fiebergeruch hinaustreibe. Draußen standen die Mazedonier, eine unbewegliche schwarze Masse, hinter ihnen begann der Osten gelb zu lohen.

Alexander erwachte aus der Betäubung. Mit Gebärden des Ekels wies er jeden ab, der in seine Nähe kam. Er verweigerte Speise und Trank. Er redete nicht, selbst sein Blick war stumm. Er rührte sich nicht, als der Leichnam gewaschen und geschmückt wurde. An. Abend gab er zu verstehen, dass er niemand mehr sehen wolle; das Zelt wurde verschlossen. In den Kupferschalen erlosch das brennende Rauchwerk. Alexander erhob sich und ging umher. Weißer als die weißen Blüten der Myrten leuchtete das Gesicht des Toten. Er konnte es nicht ertragen und warf ein Tuch darüber. Stundenlang dauerte sein Auf- und Abgehen, doch im Innern der Brust war es stille. Der Geist lechzte nach Finsternis, nach Gedankenlosigkeit, nach Erinnerungslosigkeit. Je mehr die Nacht vorrückte, je mehr fürchtete er den Leichnam. Doch ließ es ihn nicht, er musste Gewissheit haben, ob die Züge sich verändert hatten. Es zog ihn hin und stieß ihn wieder weg. Wenn er sich niederließ, um zu ruhen, trieb ihn das Bild eines verwesten Antlitzes wieder auf. Endlich rief er mitten in der Nacht Leute herbei, die den Leichnam hinausschaffen sollten. Erst in ihrer Gegenwart, als sie mit Fackeln ihn umstanden, wagte er, das Tuch wieder von Hephaistions Gesicht zu ziehen. Mit halb gegen die Stirn erhobenen Armen wandte er sich ab. Fremd war ihm, was er schaute. Doch auch sich selbst gegenüber, seinen eigenen Handlungen gegenüber hatte er plötzlich dasselbe Gefühl der Fremdheit. Er nahm einem der Männer die Fackel aus der Hand und leuchtete damit verwirrt und verstört umher. »Alle Feuer sollen ausgelöscht werden,« sagte er, »auch die heiligen Feuer der Perser. Musik und Tanz und Lustbarkeit sind verboten. Die Mauer von Opis soll geschleift werden. Drei Tage lang dürft ihr keinen Toten begraben, und wenn ein Weib rasend wird, dann erwürgt sie. Lasst es still und finster werden in Asien.«

Am Morgen war sein Zelt verschlossen. Umsonst kamen die Verschnittenen, die Sklaven, Mundschenken, Köche und Schreiber. Umsonst klagten die Mager laut um ihre geschändeten Heiligtümer, umsonst warteten die Eilboten, die Führer, die Gesandten. Die Zeit ging einen andern Schritt. Aufwiegler trieben ihr dunkles Handwerk. Wer nicht dem Fieber, dem Spiel, der Wollust, dem Wein verfiel, der gehörte ihnen. Wenn ein Makedonier von Alexander sprach, geschah es mit einer verhaltenen Gewalt des Hasses, der seine Nahrung nicht aus Gründen empfing, eine düstere, mystische Lüsternheit half ihn gebären. Sie hassten ihn wie die Notwendigkeit, sie hassten ihn mit geschlossenen Augen, sie hassten ihn so lange, bis sie ihn vor sich sahen. Das totenstille Lager brachte sie um allen Verstand. Warum das alles? War denn der Mensch etwas so Kostbares für Alexander? und seit wann? Freche Reden wurden gewechselt, aber hätten sie nicht gewusst, dass alle ihre Vorsätze und Abmachungen eitel Wind und Wortwitz seien, so hätten sie sich zahmer benommen.

Die bestürzten Bewohner von Opis rüsteten sich, um anderswohin, um mit dem Heer nach Babylon zu ziehen, denn in einer mauerlosen Stadt, mitten in der unermesslichen Ebene konnten sie nicht bleiben. Der Oberpriester Rammans stand vor seinem Tempel und die Faust gegen das

Lager Alexanders geballt, rief er in prophetischer Ekstase: »Ihm sei der Tag Seufzen, die Nacht Weinen, das Jahr Trauer!«

Am dritten Tag gerieten die Leibwächter auf einen wunderlichen Einfall. Sie wählten den jüngsten Edelknaben aus, um ihn ins Zelt Alexanders zu schicken. Der Knabe stand noch im zartesten Alter und war von rührender Schönheit. Alles an ihm war von der höchsten Vollendung, sein schlanker Leib, sein schlanker Hals, sein süßes und unschuldiges Gesicht mit den großen Augen; nur seine Stimme war hässlich und krächzend, und deshalb lag über seinen Gesichtszügen eine seltsame animalische Schwermut, und wer den Knaben ansah, wurde davon ergriffen und weich gestimmt. Die Führer hofften, dass Alexander durch seinen Anblick bewegt werden, dass ihm der Knabe wie die verkörperte und belebte Bitte des ganzen Heeres erscheinen würde. Sie schärften ihm ein zu schweigen; stumm solle er vor Alexander hintreten und flehend die Hände erheben. Und nachdem sie sein schwarz gelocktes Haupt mit Efeu und Veilchen und vielen Bändern geschmückt hatten, öffneten sie eigenmächtig den Eingang des Zeltes und der melancholische Knabe trat zitternd hinein.

Alexander lag auf dem Ruhebett, das Gesicht nach unten zwischen den Armen verwühlt. Als er das Geräusch von Schritten hörte, warf er sich auf.

Der Edelknabe rührte sich nicht, bloß die flehenden Hände bebten. Alexander hatte kein Auge für seine Schönheit. Doch sah er ihn an, als wollte er fragen: wer bist du? woher kommst du? wie hast du den Weg zu mir gefunden? Er kämpfte mit einem Entschluss, ging unsicheren Schrittes an dem Knaben vorbei zum Eingang und schob die Vorhänge auseinander.

Die Makedonier wollten ihm zujauchzen, aber eine schwere und widerwillige Bewegung seines Armes machte sie schweigen. Sein Anblick verursachte ihnen Grauen. Das Haar war glatt abgeschoren, die schönen braunen Locken fielen nicht mehr auf die Schultern, und dadurch erhielt der Kopf etwas Barbarisches, Düsteres und Lebloses. Geisterhaft huschte sein Blick über die Versammlung, und alle bemerkten, wie das Auge verändert war. Kühn war es noch, aber kalt. Die Glut war fort, der Schmelz war hin, der Traum, in dem es stets leuchtend geruht, war zu Ende.

Kaum hatte er mit Perdikkas zu reden begonnen, so ertönte irgendwo weit drüben die Heertrompete. Es waren die jetzt erst abziehenden Scharen Meleagers. Alexander zuckte zusammen, und geraume Zeit verging, bevor er fortfuhr, seine Anweisungen zu geben. Perdikkas, der an Hephaistions Stelle den Befehl über die Edelscharen erhalten hatte, sollte in der folgenden Frühe nach Babylon ziehen und Hephaistions Leiche geleiten. Dort sollte die Totenfeier stattfinden. Das ganze übrige Heer sollte sich am zweitfolgenden Tag unter der Führung von Seleukos und Ptolemäos in Bewegung setzen und ihn, Alexander, bei der Stadt Kis am Euphrat erwarten.

Dann verhandelte er mit Eumenes. Er wollte mit wenigen Getreuen das Lager verlassen und über den Tigris setzen. Es klang geheimnisvoll. Eumenes war still. Seine Klugheit, stark im Schweigen, bewahrte ihn vor übereilten Fragen.

Wenige Stunden später standen die Erwählten bereit: Eumenes selbst, drei Führer der Leibscharen und fünf Hauptleute mit zweihundert erprobten Makedoniern. Schweigend warteten sie bei ihren Pferden und Packtieren, bis Alexander kam. Als die Sonne unterging, waren sie schon weit vom Lager entfernt.

Bei einer Furt setzten sie über den Strom. Sie kamen in ein Hügelland, wo Ölbäume wuchsen, nicht üppig, nicht so silbrig grün belaubt wie an den Gestaden Griechenlands, sondern karg und ärmlich. Weite Gebiete tauchten auf, wo noch die Mandelbäume in rosiger und weißer Blüte standen, und unendliche Grasflächen, auf denen die wilden Pferde wie Vogelschwärme dahinflogen. Sie ritten über ein Schlachtfeld, wo die fahlen Gebeine von Menschen und Tieren lagen.

In der Nacht konnte Alexander nicht schlafen. Er saß schweigend und grübelnd vor dem Zelt. In der heißen Glut des Mittagslagers vergnügten sich bisweilen einige Soldaten, von Langeweile gefoltert, heimlich am Wachtelspiel. Viele wurden von Besorgnis ergriffen, wohin der Weg sie führe. Einmal erzählte ein Hauptmann die Sage vom persischen König Kaikhosrav, der, des Lebens und des Thrones müde, Stadt und Land verließ und mit wenigen Getreuen in die Gebirge wanderte, um von dort in den Himmel zu ziehen. Immer höher kamen sie, Bäume und Gräser hörten auf, Schnee begann zu fallen. Tag und Nacht fiel der Schnee, einer nach dem andern sank hin, begrub sich sterbend selbst oder wurde von einer Lawine fortgerissen. Schließlich war nur noch der König übrig, aber niemand weiß, ob er das Tor des Himmels erreicht hat.

Während der Erzählung war Alexander herzugetreten und hatte aufmerksam zugehört. Und da sie sein Interesse wach glaubten, erzählte ein anderer auch eine Geschichte. Zwanzig starke Helden irrten einmal in der Finsternis herum. Da kam ein Derwisch und führte sie zu einer Stadt und sagte, in dieser Stadt sei der Tod etwas Unbekanntes. Nur von Zeit zu Zeit erschalle in der Nacht eine Stimme über die Mauern und Dächer und rufe den Namen eines Mannes; dieser müsse dann der Stimme folgen und müsse für immer Abschied nehmen. Die zwanzig Helden beschlossen, ehe sie die Stadt betraten, dass keiner von ihnen der Stimme gehorchen solle, auch wenn sie noch so laut rufe. Dabei hofften sie wohl zu fahren und glaubten, nichts sei leichter, als sich jener unheimlichen Macht zu entziehen. Doch kaum waren sie da, schon in der ersten Nacht, wurde einer unter ihnen gerufen. Es durchfuhr ihn schauerlich, er konnte nicht widerstehen, Bitten und Beschwörungen konnten ihn nicht halten, er ging und kam nicht wieder. In der folgenden Nacht geschah es ebenso mit dem zweiten und dann mit dem dritten und so bis zum letzten. Der aber nahm alle seine Seelenkräfte zusammen und widerstand dem Ruf und ging nicht; mit Ketten hatte er sich an sein Lager angebunden, und als am Morgen seine Sklaven kamen, da fanden sie zu ihrem Entsetzen statt einer menschlichen Gestalt ein Skelett an das Ruhebett geschmiedet.

Als der Erzähler geendet hatte, stand Alexander auf, erdfahl im Gesicht, und entfernte sich.

Die Ebene lag in der vollen Pracht des endenden Sommers. Bis an den Bauch wateten die Pferde im Blütenflor. An einem Tage schimmerte die blumenübersäte Fläche goldgelb, über Nacht wurde es wie durch Zauberei in tiefes Scharlachrot verwandelt, und wieder über Nacht durch das Aufbrechen anderer Knospen in dunkel strahlendes Blau. Dann ein Tag, wo nur das smaragdene Grün des Grases übrig blieb und darüber das blendende Geflimmer des morgendlichen Taues; da kamen sie auf das weite Ruinenfeld einer seit Jahrtausenden verfallenen Stadt.

Es waren zerstörte Mauern, hohe Tore, von denen die Schwibbogen abgestürzt waren und durch die man auf ein Trümmerfeld sehen konnte, so wüst und grausig, als ob Titanen die Steine durcheinandergeschüttelt hätten. Schlingpflanzen überwucherten die Blöcke, an verfallenen Treppen und geborstenen Säulen reifte die assyrische Zitrone, der Efeu kletterte über zerfetzte Tempelwände, und inmitten der gestorbenen Welt dehnte sich ruhig ein Wasserbecken. Allerlei Vögel wimmelte auf dem stillen Teich und raschelte im Schilfrohr.

Hier wurde das Lager aufgeschlagen.

Noch war die Zeit der brennenden Südwinde. Kaum standen die Zelte, so strich es über die baumlose Ebene wie der feurige Atem aus dem Maul eines Drachen. Im Zenit des Himmels zogen sich Wolken in einem großen Kreis zusammen, der sich bewegte und um sich selbst drehte wie ein ungeheures Rad. An seinem Rand zuckten Hunderte von violett leuchtenden Blitzen. In der Tiefe des Horizonts stiegen ebenfalls von allen Seiten Wolken auf, und sie wurden im Nu in den furchtbaren Strudel emporgerissen.

Alexander verließ das Zelt und sah die hingestreckten Körper der Söldner und zwischen ihnen die Leichen kleiner Vögel, die scharenweise aus der Luft gefallen waren. Bedächtigen Schrittes wanderte er in das Ruinenfeld. Die Nacht kam. In dem sumpfigen Wasserbecken quakten die Frösche, in den hohen Gräsern verursachte der Abendwind ein träumerisches Geraschel. Im Lager flammten die Feuer auf und aus der Ferne schallte das Stöhnen der Büffel herüber, der helle Ruf der Schakale, der heisere Schrei des wilden Ebers und der Warnpfiff der Antilopen. Über all dem brannten sanft die Sterne.

Aus den verfallenen Wandelgängen und eingestürzten Toren blickten die Schatten längstvergangener Geschlechter. Alexander hörte die Zeit rinnen; aus der Ewigkeit strömte sie in die Ewigkeit wie der dunkle Wein von einer Schale in die andere herabfließt und nur in der kurzen Spanne zwischen Becherrand und Becherrand sprühend in der Sonne aufleuchtet.

Der Viertelmond sank in die dunstige Luft des Westens wie die glühende Braue eines schwarzen Auges, dessen Blick Alexander magisch auf sich ruhen fühlte. Es war das Auge der Einsamkeit. Was hatte ihn hierher getrieben? Was ging in ihm vor? Weshalb war die Welt so nah, die Dinge so deutlich? War es nicht eine andere Dunkelheit als je, ein anderer Sternenhimmel, kälter, entschleierter? Ehedem hatte er es wie ein lebendiges Band gespürt zwischen sich und Gott, den Tiefen und den Höhen, nun fand er sich allein, losgelöst, mit Verantwortungen beladen. Ehedem hatte er sein eigenes Dasein kaum anders gespürt als wie der Vogel im Rausch des Fluges sich spürt. Jetzt sah er sich selbst Schritt für Schritt dahinkriechen, und er fürchtete sich vor dem aufgewachten andern Wesen in seiner Brust.

Unergründliche Trauer umkrampfte das Herz. Auf einem Erdhügel legte er sich zu kurzem Schlummer hin, und bei Tagesanbruch begab er sich ins Lager zurück und blieb allein im Zelt bis wieder der Abend kam. Sobald die nächtlichen Feuer wieder brannten, wanderte er in die Ebene hinaus. Keiner durfte es wagen, ihm seine Begleitung anzubieten oder ihm aus der Ferne zu folgen.

Jede Nacht zeigte ihm die Natur ein neues Antlitz und jedes Mal glaubte er, in ihren ruhigen oder stürmischen Zügen entziffern zu können, was ihn selbst bewegte. Er sah sich von allen menschlichen Wesen verlassen. Er suchte einen Gott und er fand keinen, nicht den Griechengott in seiner Herrlichkeit, nicht Ahuramazda, der den Ring der Zeiten hält, nicht Mithra, den Strahlenden, nicht Belmarduks grauenhafte Majestät, keinen von den Dämonen, die in Bäumen, Wassern, Steinen, in den Winden, in der Erde wohnen, nicht das hohe Wesen, das die Inder verehren, das einen Dunst berauschender Milde um sich trägt und wandellos das Weltall so innig umfasst, dass keine Mücke seiner Beachtung entschlüpfen kann. Er verfolgte die Bahn eines fallenden Sternes und reckte sich auf, um die Hand zu ergreifen, die ihn in den Raum geschleudert. Oder war diese Wölbung nur ein Hirngespinst, an die der leuchtende Punkt geheftet schien? Wer schenkte Wissen und wer raubte Wissen in rasender Laune? wer konnte jegliches Geschöpf zu jedem beliebigen Augenblick in den Staub treten, mühelos, gedankenlos, wahllos spielend? Ungreifbar und unbegreiflich!

Stunde häufte sich auf Stunde, bis der Tag entstand, die Nacht sich vorbeischleppte und die Sonne sich prahlerisch entzündete und vom Morgen bis zum Abend fruchtlos ihren Bogen zog. Was beginnen, wenn nicht Schlaf die Glieder fesselte? Ein Grabesfrieden lag über der Welt. Alexander musste zurückblicken. Dies Gefühl war ihm neu und erstaunlich, dies Hineinstarren in die Vergangenheit, dies Nachhallen längst vergessen geglaubter Töne, dies Erschaudern vor andern Möglichkeiten als denen, die ihm in seiner Lebenstrunkenheit so selbstverständlich erschienen waren. Er schloss die Augen, um diese Gesichte loszuwerden, er wollte sich gewaltsam wieder hineinträumen in das schäumende Meer, aber umsonst, die Wogen regten sich nicht, es blieb alles still, sein eigenes Herz schlug matt und langsam, das Blut war kühl, das Auge klar, der Traum zu Ende, die riesige Wolke, in der er so götterhaft geschritten und die ihm den Anblick der unabsehbaren Kette von Ursachen und Wirkungen entzogen, war von ihm abgeglitten. Wie alle andern Sterblichen schwer beladen, musste er weiterziehen. Doch was war es, was war dies Schwere?

Die Makedonier jagten Füchse, wilde Esel und schossen nach den Vögeln; oder sie lagen am Wasserbecken in den Ruinen und schnitten neunläufige Flöten aus dem Rohr des Schilfes. Düster ruhend horchten sie auf das Weben der Nacht, und wenn ein Schrei in der Luft erschallte, lang gezogen und wunderbar menschlich, dachten sie erschreckt an den Vogel Asterias, der die Menschensprache versteht. Ihr Schlaf war aufgeregt wie der von kranken Kindern. Ängstlich legten sie einander ihre Träume aus. Sie waren verzagt in der Einsamkeit der Natur, gelähmt durch das ereignislose Vorübergleiten der müßigen Stunden. Sie wurden blass, schlichen gesenkten Kopfes herum oder lagen faul im Gras, gewiss, dass ihnen ein sonderbarer Tod bevorstehe.

Da entschloss sich Eumenes, mit Alexander zu sprechen.

Es war ein klarer Mondabend. Alexander hatte das Zelt noch nicht verlassen. Er lag auf dem Ruhebett; auf silberner Schale neben ihm befand sich eine aufgeschnittene Melone, und bisweilen nahm er ein Stück in den Mund und saugte den Saft heraus. Das Mondlicht floss wie ein blaues Band vor den Eingang des Zeltes hin. Feierlich tönte der Schritt und Zuruf der Wachen. Ein auftauchender Schatten, ein Gruß mit schwacher Stimme, und Eumenes stand vor Alexander, der unwillig überrascht den Kopf erhob.

Langsam, die Silben der Worte weit auseinanderdehnend, fragte Eumenes: »Wie lange noch, Alexander?«

Alexander antwortete nicht.

Eumenes, dessen scharfes langes Gesicht stets von innerer Wachsamkeit angespannt war, fuhr fort: »Wenn du auch alle vergessen hast, die dich lieben, so denke wenigstens an die, die dich hassen.«

Alexander stand auf, schritt zu Eumenes, legte beide Hände auf die Schultern des Mannes und raunte: »Wo bin ich, Freund? wo bin ich hingeraten?«

»Zwischen den Strömen sind wir,« erwiderte Eumenes etwas bestürzt.

Alexander nickte und lächelte fatal. Seine Stirne erschien durch die abgeschorenen Haare doppelt groß; tiefe Furchen gruben sich hinein, als er sagte: »Ich brauche Sicherheit, Eumenes.«

»Sicherheit?«

»Wie viel Zeit ist verflossen? Zieh dein Schwert heraus und lass uns sehen, ob es rostig geworden ist.«

Eumenes trat zurück. Die Worte blieben ihm in der Kehle stecken. Besinnend stand Alexander da. Wie ein Schlafender den Mörder zu ahnen vermag, der mit erhobenem Messer an seinem Bett steht, so war sein Inneres unruhig und voll dumpfer Bewegung.

Er ließ sein Pferd vorführen und ritt in die Mondnacht hinaus. Wunderliche Töne schallten aus der Ferne, ein leises Singen und Surren; oft klang es, als ob Menschen unter der Erde um Hilfe riefen. Der Himmel überzog sich jetzt mit Wolken. Da und dort klaffte es wie eine Wunde, aus der das Licht des unsichtbaren Mondes rann. Die Lagerfeuer waren verschwunden, zermalmend war die Einsamkeit.

Plötzlich spürte er, wie das Pferd, das er sich selbst überlassen hatte, über und über erschauderte. Es stieß einen scharfen gellenden Schrei aus und rannte mit weit gestreckten Füßen in die Dunkelheit. Weder Zuruf noch Zügel vermochten etwas. Seine Hufe zerschnitten wie Sensen das Gras. Die Schenkel gegen die Rippen des Tieres gepresst, Kopf und Oberleib weit vorgebeugt, die Augen ruhig in die Nacht geheftet, so saß Alexander unbeweglich. Die Raserei des vernunftlosen Geschöpfes schien ihm wohlbegründet. Es wollte die versäumten Tage einholen, die Augenblicke zurückbringen, die nutzlos hinabgetropft waren in das Meer der Ewigkeit. Der schmerzliche, weit durch die Lüfte schallende Aufschrei des Rosses, die tolle Geschwindigkeit seines Laufes benahmen Alexander den Atem, stachelten seine Seele auf, erfüllten ihn mit einer trügerischen Wollust des Handelns, mit einer freudigen Angst des Eilens, und als er den Schaum, der aus dem Maul des Tieres drang, auf den Nüstern leuchten sah, beugte er sich herab und berührte mit den Lippen den Scheitel des Pferdes. Die Lagerfeuer tauchten aus der Ebene empor: Riesenfackeln. Dort war das Geschrei vernommen worden, man glaubte Alexander von wilden Tieren überfallen, und die aus dem Schlaf geschreckten Söldner rannten mit ihren Speeren in die Finsternis. Das Pferd Alexanders wirbelte sausend an ihnen vorüber. Noch einmal schrie es schmetternd, herz zerreißend auf, dann brach es zusammen.

Auf seiner Lende hatte sich ein ellenlanger Skorpion festgeklammert.

Alexander ließ unverzüglich das Lager abbrechen. Sein flackerndes Auge spornte jeden stumm zur Eile. Vor Sonnenaufgang begann der Ritt gegen Süden.

Nach Babylon!

Der bloße Name versetzte die Söldner in Entzücken. Der weiß nichts von irdischer Glückseligkeit, hieß es unter ihnen, der nichts von Babylon weiß. Dort war Leben, Freude, Taumel, Vergessen, beständiges Verzehrtwerden vom Augenblick. Babylons Nähe war den Menschen gefährlich wie der Magnetberg den Schiffen. In den Raststunden standen sie am Rand des Lagers und spähten südwärts, ob ein Turm sichtbar würde oder eine Zinne der fabelhaften Stadt. Oft während des Rittes winkten zwei Freunde stillverstehend einander zu, und beim Aufbruch am Morgen sagten sie lächelnd statt des Grußes: nach Babylon.

Achtes Kapitel

Die Chaldäer

An einem Gold schimmernden Tage zogen sie durch die Pforten der großen medischen Mauer, die das babylonische Land gegen Norden abschloss, aber schon zu verfallen begann. Nun tauchte Dorf auf Dorf empor in der Ruhe der Wohlhabenheit und des Friedens. Kanäle durchschnitten die Ebene nach allen Richtungen, in milchigem Blau lag der Himmel auf ihrem stillen Spiegel, glitzernd und schmal verloren sie sich in die Fernen. An den Ufern erhoben sich schwarz und ungefügig die Schöpfmaschinen, die Felder standen hoch behelmt, in den Palmenhainen lasen Frauen und Kinder die Datteln auf.

Am Ende des fünften Tages sahen sie den Euphratstrom, wie er sein grünes Wasser lautlos durch die Ebene trug, und die Häuser von Kis, eines kleinen mauerlosen Städtchens, und rings im kolossalen Bogen und am Ufer entlang gegen Süden lagerte das große Heer.

Durch Boten von der Ankunft Alexanders benachrichtigt, zog ihm Ptolemäos entgegen. Viele Söldner schlossen sich freiwillig an. Ihre Ungeduld, nach Babylon zu gelangen, war unbezähmbar. Sie redeten, träumten, fantasierten von nichts andrem. Viele hatten ihre Sklaven vorausgeschickt, um wegen der Quartiere Kundschaft einzuziehen, einige waren bei Nacht heimlich nach Babylon entflohen.

Ptolemäos berichtete, dass die Chaldäer ihm hätten sagen lassen, er möge Alexander vor dem Einzug in Babylon warnen. Alexander möge die Stadt meiden, nichts Gutes stehe ihm dort bevor.

Alexander stutzte. Er sah mit einem vollen und finstern Blick ins Weite. Die Finger der rechten Hand spielten in der Mähne des Pferdes. »Die Chaldäer wollen die Einkünfte des Beltempels weiter genießen, und meine Anwesenheit ist ihnen unbequem,« erwiderte er endlich mit gemessener Ruhe. »Seit sechs Jahren weigern sie sich, mit dem Wiederaufbau zu beginnen, umgehen listig meine Befehle, und nicht einmal der Schutt ist berührt, weil sie das Geld nicht herausgeben wollen. Das ist der wahre Grund ihrer Warnung. Verächtlich sind mir solche Propheten.«

Im Lager angekommen, beschloss Alexander, ungeachtet der vorgerückten Abendstunde die Gesandtschaft der Karthager zu empfangen. Vielleicht fürchtete er die Schlaflosigkeit oder er wollte seinen Geist durch äußern Pomp betäuben. Kurz vor Mitternacht kamen die erstaunten Gesandten zum großen Zelt der Audienzen. Alexander, in morgenländischer Kleidung mit der Tiara, Gewand und Gürtel mit Edelsteinen und Perlen beladen, saß inmitten eines Kranzes von Fackeln. Sein unbewegliches Gesicht ruhte maskenhaft über der Versammlung. Der älteste Gesandte trat vor, kreuzte die Arme über der Brust, kniete nieder, und beugte den Rumpf, bis er mit der Stirn den Teppich berührte. Seine Gefährten schlossen vor Scham die Augen.

Da erschallte ein spöttisches Gelächter.

Erschrocken fuhren alle zusammen. Der Karthager erhob sich halb. Alexander schnellte von seinem Sitz empor.

»Wer hat gelacht?« fragte er mit heiserer Stimme.

Keine Antwort. Ein schwacher Wind wehte durch die offenen Türen, strich über die Fackelbrände und streute aus jedem eine Anzahl Funken wie kleine feurige Blumen zur Erde.

Langsam stieg Alexander die Stufen der Estrade hinab. Mit verzehrendem Blick schaute er zuerst nach rechts, dann nach links. – Die Wache senkte die Speere, die Gesandten wichen scheu zurück. Sein Aussehen war entsetzlich. Der Mund war voll Schaum. Er atmete rasch und laut wie ein wassersuchender Hund.

»Wer hat gelacht?« fragte er noch einmal flüsternd; seine Augen verdrehten sich konvulsivisch.

Die Reihen der makedonischen Edlen an der Rückwand des Zeltes bewegten sich, und zögernd, so weiß im Gesicht wie ein Aussätziger, trat Arrhidäus in die schmale Gasse.

Unfähig den fliegenden Atem zu beherrschen, starrte ihn Alexander an. »Warum?« fragte er endlich leise, »warum lachst du?«

Arrhidäus' Blick suchte zu entkommen. Dann entgegnete er, und ein Zittern durchlief seine Gestalt: »Ich lache, weil du, Alexander, ein Hellene, Schüler der Akademie, ein Mensch wie wir alle, dich anbeten lässt wie ein asiatisches Götzenbild.«

Alexander ging einen Schritt vor, packte Arrhidäus bei den Haaren, riss seinen Kopf so stark nach abwärts, als ob er ihn von den Schultern zerren wollte, und schlug ihn mit aller Gewalt dreimal gegen den Pfosten des Zeltes.

Der Gezüchtigte richtete sich langsam auf. Er sah aus wie eine Leiche. Sein Auge schillerte fahl. Nicht Hass allein, Scham oder Schmerz lag darin, sondern unermessliches, unvergessliches Grauen.

Ruhig unterhielt sich Alexander mit den befangenen Gesandten, dankte für die Geschenke und verließ bald darauf das Zelt.

Am andern Morgen kam Apollodor, der militärische Kommandant von Babylon ins Lager und wurde zu Alexander geführt. Nachdem er seinen Bericht über die Truppen abgelegt hatte, erzählte er mit selbstgefälliger Weitschweifigkeit, er habe von den Weissagungen der Chaldäer gehört; er habe seinen Bruder Peithagoras, den Wahrsager, gebeten, über Alexanders Schicksal heimlich die Opfer zu beschauen. Das habe Peithagoras getan und die Leber des Opfertieres sei ohne Lappen gewesen.

Alexander schwieg. Der Mann gefiel ihm nicht. Er hatte etwas Hinterhältiges, etwas ungeschickt Heuchlerisches an sich. Mit bitterem Misstrauen sah ihn Alexander an, als wolle er sagen: wozu deine übertriebene Sorge? welche Belohnung erwartest du? Er befahl, dass man Peithagoras rufe. Der Wahrsager kam, blass wie das schlechte Gewissen. Er wand sich hin und her unter den Fragen und gestand endlich zu, dass die Leber des Tieres ohne Kopf gewesen sei. »Warum hast du es verheimlicht?« fragte Alexander. Er habe dem Opfer nicht getraut, antwortete der Wahrsager. »Aber Hephaistions Tod hast du zuvor gewusst,« mischte sich Apollodor eifrig ein, der um jeden Preis die Rolle von Alexanders ängstlichem Freund fortsetzen wollte.

Jetzt sprang Alexander auf. »Opfere gleich!« befahl er.

Peithagoras wählte einen jungen wilden Esel. Zwei Sklaven zerrten das widerstrebende Tier zu einem Altar aus Backsteinen. Mit einem geschickten Axthieb tötete es der Wahrsager und schnitt den Bauch auf. Die Begleiter Apollodors traten neugierig hinzu, als die mit Räuchereien vermischte Flamme emporloderte und prasselnd die Gallen empfing. Während Peithagoras die Eingeweide betrachtete und die schwarze Leber kaum zu zeigen wagte, stand Apollodor mit dem Leibwächter Lysimachos etwas abseits und sie flüsterten zusammen. »Seid ihr schon einig?« fuhr Alexander sie mit finster zusammengezogenen Brauen an. »Was habt ihr beschlossen? nach welchen Provinzen gelüstet euch? ist euch Babylon zu klein? Lasst uns feilschen, vielleicht geb ich Ägypten dazu. Seht nur, das Feuer qualmt und duckt sich, ein schlechtes Zeichen, nicht wahr? Aber mit den Göttern, die *ihr* erkennt und fürchtet, getrau ich mich es noch aufzunehmen.« Er stieß mit dem Fuß den Haufen der Gedärme beiseite, dass das Blut den Umstehenden ins Gesicht spritzte.

Da kam der Mundschenk Jollas aus einer Zeltgasse gelaufen. »Die Chaldäer kommen!« schrie er.

Alexander machte eine heftige Handbewegung und schüttelte leidenschaftlich den Kopf. »Sie sollen kommen,« sagte er, »morgen zieht das Heer nach Babylon.«

Das Jubelgeschrei der in der Nähe befindlichen Soldaten antwortete ihm. Mit Windeseile verbreitete sich die Nachricht.

Zwischen den königlichen Zelten tauchte eine Schar von merkwürdigen Gestalten auf. Es waren sieben alte Männer mit langen Bärten. Sie ritten seitlings auf weißen Eseln, die mit Henna gefärbt waren und rote Schwänze und rote Ohren hatten. Sie trugen baumwollene Unterkleider und weiße Oberkleider. Ihre Gesichter zeigten einen steinernen Ernst. Der Ausdruck ihrer Augen glich dem von Leuten, die sich monatelang in der Finsternis aufgehalten haben; es waren blicklose Augen. Die olivenfarbene Haut über Gesicht, Hals und Händen war dürr, eingeschrumpft, ledern. Sie hatten untereinander eine so auffallende, halb lächerliche, halb grauenhafte Ähnlichkeit, nicht als ob sie Brüder, sondern als ob sie die siebenfachen Schatten eines einzigen, ehemals lebendigen Menschen wären.

Es waren die Obersten der Chaldäer von Borsippa.

Die Sonne lag schwer und heiß auf dem Gras, im rötlichen Sand der Straße, glitzerte im Wasser der Kanäle, auf den gläsernen Flügeln der Insekten, rann, von flüchtigen Blätterschatten der Palmen bewegt, über die weißen, roten, blauen Dächer der Zelte.

Die Chaldäer glitten von den Tieren herab und näherten sich zu Fuß. Auch ihr unhörbarer Gang hatte etwas Schattenhaftes. Dicht vor Alexander warfen sie sich gleichzeitig zur Erde, mit dem ganzen Körper und mit ausgestreckten Armen. Dann erhob sich einer, und seine gelblichen Augensterne belebten sich nicht, während er sprach. »Der große Hundsstern war verhüllt in dieser Nacht. Kehre um, Alexander.«

Der zweite richtete sich auf und sagte: »Möge sich das Verhängnis verziehen, möge es wieder hell um mich werden, ich komme als Bote des Herrn, als Bote des mächtigen Herrn. Kehre um, Alexander.«

»Asien ist groß,« sagte der dritte. »Lege dein Haupt anderswohin, aus reinen Gefäßen trinke reines Wasser, geh nicht auf den Pfad, wo man im Finstern wandelt.«

Alexanders Augen schlossen sich, als ob die Wucht des Nachdenkens die Lider gewaltsam herabzöge. Er wagte dem geheimnisvollen Wesen der Chaldäer nicht zu misstrauen, obwohl er sich belogen und betrogen erschien, obwohl er allen zu misstrauen begann, allen menschlichen Gesichtern. Ihm war, als stehe er in einer Gewitterwolke und dürfe sich nicht bewegen, um nicht den Blitz aufzustören. Schauer auf Schauer rieselte über seinen Nacken. Während eines Gedankens Kürze dachte er an Umkehr und dass er nicht mehr zurückkonnte. Die er hergeführt, drängten ihn weiter, nichts vermochte sie zu hemmen, ihr Wille hatte die Gewalt einer Wasserflut. Aber ihm dünkte es unmöglich, die Ereignisse rollen, die Umstände mächtig werden zu lassen, zu einem Knecht der Gelegenheit herabzusinken, hin- und herzuirren zwischen Zufall und Augenblicksgunst, die Gefahr schon an ihrem Schatten zu messen, Einsatz und Gewinn aneinander abzuwägen und statt Herr über die Dinge zu sein, in gemeiner Furcht ihren Lauf zu erklügeln.

Unwillkürlich reckte er sich auf; er befahl, die Chaldäer gefangen zu setzen.

Sehr erschrocken, wagten die Soldaten nicht den Befehl auszuführen. Er wiederholte seine Worte. Die Söldner umringten die sieben Priester. Ein höchst sonderbares Lächeln schwebte um den Mund des Ältesten; keiner von ihnen zeigte Unwillen oder Angst.

Am Abend zog Alexander das makedonische Kleid an, setzte die Purpurmütze auf und bog die breite Krempe weit ins Gesicht; er wollte durchs Lager gehen und ungestört bleiben. Er nahm seinen Lieblingshund Perita mit, ein indisches Windspiel.

Die meisten Zelte waren schon abgebrochen. Von den herausgerissenen Stangen war das Erdreich aufgewühlt, und Sand war zu Haufen geschüttet, auf denen die Asche der Küchenfeuer lag. Der Boden war besät von Dattelkernen, Knochen, Speiseresten und weggeworfenem Tand. Der Abend war mild. In der schwarzblauen Höhe zogen weißliche und im Westen goldgelbe Wolken dahin, langsam wie führerlose Kähne.

Lässig schritt Alexander durch die Gruppen der hingelagerten Söldner. Einige spielten Würfel, andere das Städtespiel, andere sangen. Viele saßen beim Essen vor großen dreifüßigen Pfannen, in denen riesige Stücke gekochten Fleisches schwammen. Ein dicker gefräßiger Bursche hatte einen mit Sardellen gefüllten Korb zwischen den Knien und stopfte die Fische mit beiden Händen in den Mund. Er lud seine Freunde ein mitzuhalten, aber sie trauten sich nicht, sie fürchteten die syrische Göttin, die den Sardellenesser mit Abzehrung der Leber heimsucht.

Bei einer thessalischen Abteilung entstand Streit. Schreiend und mit blanken Schwertern drangen sie aufeinander ein. Nicht wie sonst trat Alexander hinzu, um Ordnung und Recht zu schaffen, achtlos ging er vorbei, ging durch das Gewühl kreischender Weiber. Asiatinnen und griechische Dirnen hockten auf der Erde und warteten auf Käufer ihres Leibes. An dunkleren Orten, im Schatten der Gebüsche sah man Paare, die sich umschlungen hielten.

Auf einmal war es still um Alexander geworden. Rings auf der bloßen Erde lagen lauter Schläfer. Nicht Männer, nicht Soldaten; es waren die zurückgebliebenen Kinder der heimgezogenen Veteranen. Manche Mütter saßen, da es noch früh in der Nacht war, aufrecht neben den Schlummernden. Was mochten sie sinnen? welches Antlitz mochte ihnen die Zukunft zeigen, welche dürre Hoffnung nährte wohl ihr Herz?

Zu Hunderten lagen sie da, auf Stroh und trocknes Gras gebettet, vom Säugling bis zu dem Alter, wo die nächtlichen Träume schon durch einen Strahl der Vernunft beleuchtet werden. Die Luft schien bewegt durch ihren unschuldigen Atem. Eine Erinnerung glomm in Alexander empor und wurde hell, als der Gedanke sie berührte.

Er ließ sich auf eine abgebrochnee Baumwurzel nieder, rief Perita und streichelte das seidige Fell des Hundes. Und er dachte an den Inder Kondanyo, der einst – so war es ihm gegenwärtig – mitten durch das flammende Abendrot gezogen war und den Kindern der Wüstengefallenen Schutz erfleht hatte. Noch hörte er das Wort: Süß ist die Einsamkeit! Und er schüttelte den Kopf und dachte: bitter, bitter ist die Einsamkeit. Warum war also keine Wahrheit im seligen Glanz jenes Angesichts?

Zur selben Stunde starb in Babylon Kondanyo, müde vom Anblick der menschlichen Geschäfte, satt und übersatt des unvollkommenen Lebens, den freiwilligen selbst gewählten Tod auf dem Scheiterhaufen.

Als Alexander in die Fackel und Feuerhelle des Lagers zurückgekehrt war, blieb er vor einem großen Zelt stehen und horchte auf den herausschallenden Lärm. Er trat hinein. Etwa fünfzig seiner Freunde waren zum Gelage versammelt. Es hatte etwas Traumhaftes für Alexander, sie alle so zu sehen; er hatte eine Empfindung wie: so wird es nirgends und niemals wieder sein auf dem Erdenrund; und doch glaubte er, dass seine Seele es schon einmal so qualvoll erlebt habe wie jetzt, vielleicht auf ihrer Wanderung durch einen früheren Leib.

Ein peinliches Schweigen entstand, als die Zecher Alexander gewahrten. Seine grübelnde Miene, sein bohrender Blick, das Zucken des scharlachnen Mundes in dem bleichen Gesicht raubten ihnen die Unbefangenheit. Deutlicher als je spürten sie die Macht, die er über sie hatte, die Demütigung, die ihnen seine bloße Gegenwart auferlegte, das Wunderbare, ja Erschreckende seiner Person.

Er nahm auf einem Ruhelager Platz, grüßte mit hastigem Lächeln und verlangte zu trinken. Es fanden sich Schmeichler und Schwätzer und schöne Knaben um ihn zusammen. Zwei schmarotzende Literaten stritten, ob er zweihundert oder dreihundert Jahre alt werden würde. Er trank viel, begann zu sprechen, aber seine Worte waren leblos. Er bat Eumenes, zu den Chaldäern zu gehen, die in einem dachlosen Zelte gefangen saßen. Sie sollten in dieser Nacht wohl auf den Lauf und das Antlitz der Gestirne achten, ließ ihnen Alexander sagen, und kein günstiges Zeichen sollten sie vergessen. Also in die Sterne setzest du deine Sicherheit? schien das ernste Auge von Eumenes zu fragen.

Die Chaldäer saßen schweigend auf dem Teppich ihres Zeltes. Die Hände gefaltet, die gelben Gesichter von keiner Regung des Innern beseelt, blinzelten sie bald matt vor sich hin, bald hinauf in den Himmel. Die Nacht war kühl und wurde kalt, das Getöse des Lagers verrauschte. Mit jeder neuen Nachtwache trat ein anderer in die Mitte des Raums. Der Palmstab wurde gerichtet, die Wasseruhr lief ihren Gang. Wolken zogen über den Himmel wie lange schwarze Mäntel. Der Königsstern lohte dunkelrot wie ein Blutstropfen.

Aber noch andre Dinge als das Werden und Ineinandergreifen der kleinen Menschenschicksale wussten die Chaldäer vom Firmament zu lesen. Sie ahnten glühende Welten dort oben, sie ahnten im zwiegespaltenen Bogen der Milchstraße, dem Abbild von Euphrat und Tigris, mehr als den blassen Nebelstreif, den das Auge sah. Sie verfolgten Bewegung um Bewegung, und das Tote ward lebendig, das Kleine ungeheuer. In mancher Nacht konnten sie die drückende Fessel des Irdischen abstreifen, ohne die Erde zu verlassen, die Maske des Aberglaubens fortwerfen, und ihr Herz, erfüllt von der Weltenstille des Sternenraumes, fürchtete nicht mehr die niederen Dämonen, denen sie zu Babylon willig dienten.

Am Morgen gaben sie Alexanders Boten die Auskunft, er möge nicht in Babylon einziehen, zum wenigsten möge er warten, bis der Monat Ululu vorüber sei. Wolle er aber dennoch den Gestirnen Trotz bieten, so möge er beim Einzug gegen Morgen schauen, durch das Tor des Westens gehen und im Haus des glänzenden Berges beten, im Tempel der Göttin Gula.

Eine Stunde nach Sonnenaufgang stand kein Zelt mehr außer den königlichen. An hundert Punkten zugleich ertönten die Trompetensignale. Die Erde dröhnte unter der Bewegung der Menschen- und Tiermassen. Eine unabsehbare Wolke feinen grauen Staubes zog sich längs der ganzen Straße gegen Babylon hin. Die vordersten Abteilungen verloren sich schon klein wie Insektenschwärme unter dem blassblauen Horizont. Die Kanäle dampften.

Nur die berittene Leibschar, die den Tagesdienst hatte, wartete noch auf den Befehl zum Aufbruch, und erst tief am Nachmittag kam die ersehnte Weisung. Alle Arme griffen gierig zu. Die Tücher wurden gefaltet, die Stangen aufgepackt, die Bänke, Sessel, Ruhelager, Kissen, Teppiche verladen. Alexander stieg zu Pferd, Lysimachos, Leonnatos und Seleukos ritten an seinen Seiten, dahinter Peithagoras und ein zweiter Wahrsager, dann die Söldner und zuletzt auf ihren gefärbten Eseln, noch immer sorgfältig bewacht, die sieben Chaldäer.

Alexander wandte sich ab von der Straße, die das Heer gezogen war, und schlug die Richtung gegen den Euphrat ein. Einige glaubten, er wolle drüben in der Steppe jagen, sie reckten die Hälse und spähten nach dem schweifenden Getier.

Ruhevoll floss der mächtige Strom zwischen den flachen Ufern. Das dunkelgrüne, kaum gewellte Wasser ähnelte einem straff gespannten, faltenlosen Tuch. Selten gurgelte ein Strudel, selten sprang ein Fisch in die Höhe. Etwas Erhabenes lag im Bild der Landschaft, Frieden atmete die Welt.

Alexander hielt sein Pferd an und schaute, mit der Rechten die Augen beschirmend, in die unendliche Ebene jenseits des Flusses. Am Rand des Himmels waren Kamele sichtbar, bei der stumpfen Beleuchtung anzusehen wie ferne Bergrücken. Es war irgendeine Karawane von Kaufleuten.

In lautlosem Schweigen ging es am Ufer entlang. Der Himmel hatte sich bewölkt, der Boden verlor sein üppiges Aussehen und wurde kahl und karg. Weit hinein ins Wasser wuchs das hohe Schilfrohr, das von wilden Enten wimmelte. Als die Dämmerung nahte, kamen sie zu einem armseligen Dorf. Alexander ließ die vorhandenen Flöße zusammentreiben und setzte mit seinen Leuten über den Strom, um am rechten Ufer weiter zu ziehen.

Jetzt ahnte Peithagoras alles. Er kannte die Landschaft, er hatte drei Jahre in Babylon gelebt, er wusste, wohin dieser Weg führte. Lange kämpfte er mit sich selbst, ob er reden solle, dann siegte der Trieb des Besserwissens, er lenkte sein Pferd neben das Alexanders und sagte: »Du willst nach dem Rat der Chaldäer vom Westen aus in die Stadt. Doch vor uns liegen ungeheure Sümpfe, Alexander. Keine Straße führt hindurch, kein Fahrzeug ist dort zu sehen, keine Menschenwohnung. Der ganze Westen der Stadt ist von Sümpfen umgeben.«

Alexander zuckte zusammen. Mit raubtierartig funkelnden Augen betrachtete er den unglücklichen Warner. »Kümmere dich um dein Lügengeschäft,« stieß er hervor. »Fort, du betrügerischer Schwätzer, oder ich lasse dir die Zunge aus dem Hals reißen, damit du dich nicht mehr unterstehst, das Schicksal herauszufordern, indem du es künden willst.«

Alle sahen, wie Alexander zitterte, wie seine Stimme in rätselhaftem Schmerz erstickte, wie seine weit geöffneten Augen Blicke sendeten, die vor einem Luftbild zu erschaudern und wieder zurückzuziehen schienen in das Innere der Seele, und sie begannen sich zu fürchten wie Peithagoras selbst, der mit schlotternden Knien an seinen Platz ritt.

Der Zug stockte. Man vernahm einen lang gedehnten Schrei. Man sah sich um, flüsterte, fragte; die Pferde spitzten die Ohren und wurden unruhig.

Einer der Chaldäer hatte sich nach Westen gewendet und deutete in die Sonne, die untergehend zwischen Himmel und Erde stand. Der Anblick war auffallend; die Scheibe war so hoch wie die Stirnseite eines Palastes; sie hatte eine fahl rote Färbung, ähnlich gebranntem Ton, sie war so von Dünsten umzittert, dass sie auf- und niederzuschwanken schien; an ihren Rändern flackerten kleine Flämmchen und entzündeten die wie Tücher darüber flatternden schwarzen Wolken.

Ängstlich und verschüchtert blickten die Söldner auf Alexander. Er hatte das Auge unbewegt auf den Sonnenball geheftet, und als nun die Erde sich öffnete wie ein Maul, und die Sonne in sich hineinfraß, da erbebten seine Lippen von einem daseinsgierigen, grausamen Lächeln. In seinem verfinsterten Herzen beschloss er den Tod dieser Chaldäer, die um das Licht der Zukunft standen und es zu verlöschen trachteten.

Kaum war die Dunkelheit eingebrochen, so fing es an zu regnen. Die durch den Luxus des Lagerlebens verwöhnten Söldner waren besorgt, wo sie die Nacht verbringen sollten. Die Dunkelheit verwandelte sich in eine sternenlose Finsternis. Einförmig klang das dumpfe Getrappel der Pferde, vermischt mit dem zufälligen Klirren der Schwerter. Das Rauschen des Stromes war wie ein unaufhörlicher schwacher Gesang.

Gleichmäßig rieselnd fiel der Regen. Die Pferde wurden müde auf dem durchweichten Boden. Nun verließen sie das Ufer; da sie die Stadt im Osten haben wollten, mussten sie im weiten Bogen gegen Westen ziehen.

Es erschallte ein Gebrüll, das in dieser Stunde und Stimmung alle mit Entsetzen erfüllte. Der Sumpflöwe war es, der im Röhricht haust. Einige Pferde bäumten sich und wieherten angstvoll. Alexander ließ das Zeichen zum Halten geben. Es waren keine Pflöcke mitgenommen worden, und die schaudernden Tiere, die mit Gewalt verhindert werden mussten, in die Nacht hinauszustürmen, konnten nicht festgebunden werden. Peithagoras vermutete die Sümpfe in unmittelbarer Nähe. Dreißig der Beherztesten scharten sich zusammen, um hinzugehen und mit ihren Schwertern Schilfrohr abzuschneiden. Nicht lange darauf kehrten sie bepackt zurück, und nun galt es, Feuer zu machen, denn das Gebrüll wurde immer drohender.

Das Rohr war nass und wollte nicht brennen. Erstickender Rauch qualmte empor. Ununterbrochen schallte das gellende Angstgewieher der Pferde, beantwortet von dem majestätischen Aufbrüllen der wilden Tiere.

Die Wachen wurden abgelöst. Die meisten Söldner versuchten, in ihre Decken gewickelt, zu schlafen. Viele aber blieben mit offenen Augen geheimnisvoll erregt liegen. Sie spürten dunkel das Besondere und Bedeutungsvolle dieser Nacht, als hätte, was in der Natur gärt und kocht, sich ihren aufgewühlten Sinnen verraten. Sie sahen, wie Alexander das endlich emporgeflammte Feuer umschritt. Groß stand die behelmte Gestalt im schwarzen Rahmen der Nacht. Die Regenperlen fielen hell und lautlos ringsum in den Feuerkreis. Er rief drei Leute von der Söldnerwache heran und erteilte ihnen einen Befehl. Sie zauderten, sie zitterten, sie schwiegen, ihre Blicke flohen einander. Doch nur ein Wort Alexanders, nur eine Bewegung, und sie gingen, um zu gehorchen.

Bald darauf entstand am einen Ende des Lagers ein kurzer Tumult. Seleukos und Leonnatos liefen kreidebleich zu Alexander. Was sie berichten wollten, blieb ihnen bei seinem Anblick in der Kehle stecken. Er lächelte.

Der Morgen erwachte und tauchte die Stirn in die gelblich glänzenden Wasser der Sümpfe. Da, einhundert-, aber hundertfacher Freudenruf, tief tönend, lang hallend: Babylon! Babylon! Und wieder: Babylon! Babylon!

Undeutlich noch im grauen Licht, doch ergreifend durch die bloße Wirklichkeit, sahen sie die Mauern der ersehnten Stadt.

Die Chaldäer erblickten die Heimat nicht mehr. Auf der nassen Erde rann das Blut von ihren Leichen, »sieben sind sie, sieben sind sie.«

Die Frühnebel schwankten empor. Alexander schaute hinüber. Er sah eine Menge von Raben über die Stadtmauer fliehen. Sie kamen gegen die Sümpfe zu und fingen auf einmal an, miteinander zu streiten. Nach kurzem Kampf stürzten zehn oder zwölf tot in das aufspritzende Wasser und die übrigen flogen mit wildem Gekrächze weiter.

Neuntes Kapitel

Arrhidäus

In Babylon feierte man das Sonnenwendefest. Eine zahllose Menschenmenge befand sich auf den Straßen. Aus den mit niedrigen Mauern umgebenen Gärten schallten lustschreiende Stimmen wie von betrunkenen Weibern in die Nacht. An dem erhöhten Ufer des Ostkanals hockten baktrische Söldner um kolossale tönerne Weinbehälter.

Wo der Ostkanal den Euphrat verlässt und sich in weiter Biegung gegen das ausgedehnte Trümmerfeld des Belmarduktempels wendet, hatte vor einer verödeten Gartenterrasse die kleine Makedonierschar ihr Lager aufgeschlagen, die die Wache für Hephaistions Leichnam bildete.

Der Sarg befand sich in einem Halbzelt, an dessen geöffneten Seiten fünf Söldner standen. Auf ihre Sarissen gestützt, blickten sie sehnsüchtig und finster in die rötliche Lohe, die sich über den Straßen und Häusern hinzog. Der Lärm des nächtlichen Festgetriebes tönte dumpf surrend bis zu ihren Ohren; bisweilen löste sich ein lang gezogener Aufschrei davon los und fiel verklingend wieder in das allgemeine Tosen zurück. Sehen konnten sie nichts, die Böschung des Kanals machte jeden Ausblick unmöglich. Nur gegen Norden erblickten sie wie auf dem Gipfel eines Berges die verschwenderisch erleuchteten Terrassen und Gartenhallen des königlichen Palastes, wo Roxane wohnte.

Unmutig lagen oder standen die übrigen Makedonier herum. Die für diese Nacht vom Wachedienst befreit waren, sannen auf Mittel, in die Stadt zu gelangen. Die Weinmischer hatten nichts zu tun. Die Kette des Dienstes schleppte sich noch schwerer, wenn die Begierden durch den Wein beflügelt wurden.

Rings im Halbkreis gepflanzt, standen hohe Zypressen. Einige Soldaten waren am Stamm emporgeklettert und kauerten und hingen oben unbequem und peinvoll und spähten hinüber in das nahe Land ihrer Träume.

Charippos, ein junger Tetrarch, von Perdikkas zum Befehlshaber der Wache ernannt, ging einsam auf dem Wall auf und ab. Er war vielleicht der einzige, dessen Gedanken nicht der Wollust Babylons entgegenflogen, ihn erfüllte nichts als Ehrgeiz.

Sohn eines Makedoniers und einer Phrygierin, war er durch Glückszufall unter die berittenen Edelscharen aufgenommen worden. Seitdem ließ es ihn nicht mehr ruhen. Der Gedanke an Ruhm und Auszeichnung stachelte ihn aus dem Schlaf. Er war jedem zu Diensten, der ihm nützen konnte, schmeichelte nach oben und nach unten, suchte sich bei jeder Gelegenheit in die Nähe der Leibwächter zu drängen und, ehedem ein harmloser, gutmütiger Mensch, war jetzt sein Wesen zerfressen und verzerrt von der Flamme der Ehrwut. Die älteren Leute verachteten ihn, die jungen machten sich über ihn lustig, den höhergestellten war er ein brauchbares Werkzeug.

Wohl zum hundertsten Mal begann Charippos seine eintönige Wanderung. Seine Schuhe klappten hallend auf die Ziegelpflasterung des Ufers und der hellenische Mantel flatterte im Abendwind. Bisweilen blieb er stehen, lauschte, schüttelte den Kopf, sprach und gestikulierte vor sich hin. Dann blickte er angestrengt über das Bett des Kanals; nur selten und leise klatschte das Wasser gegen die ausgemauerte Uferwand oder die niedrige Treppe, an der die Barken anlegten.

»Charippos! Charippos!« rief da eine Stimme.

Der junge Tetrarch wandte sich hastig nach der Richtung, woher sie kam.

Atemlos eilte ein Grieche auf ihn zu. Während er den Helm abnahm und mit dem Ärmel des Gewandes die Stirne trocknete, sagte er, er habe Auftrag von Perdikkas. Charippos solle unverweilt ins Haus des Statthalters am Kanal Pikudu kommen. Den Befehl über die Wache möge er an den Hauptmann Agenor übergeben. »Beeile dich nur, Tetrarch,« sagte der Grieche, »ich führe dich, Babylon ist groß.«

»Was für ein Zeichen hast du von Perdikkas?« forschte Charippos zögernd.

»Ein Zeichen? warum das?« erwiderte der Grieche und streckte beide Arme mit devoter Ungeduld zur Seite. »Perdikkas war sehr erregt. Es handelt sich um Alexander selbst, es ist eine Angelegenheit, bei der er nur dir vertrauen will.«

Funkelnde Bilder erhoben sich vor Charippos. Er sah sich an Alexanders Seite, nicht weniger geehrt und geliebt als Hephaistion, dessen arme Hülle dort im Sarge lag. Er rief den Rossknecht, doch der Grieche legte abwehrend die Hand auf seinen Arm.

»Wir können keine Pferde brauchen,« sagte er, »es würde uns hindern. Die Straßen sind zu voll. Ich führe dich verborgene Wege.«

Charippos ging zum Zeltlager und redete hastig mit Agenor. Dann folgte er dem Griechen, ahnungslos, dass dieser Weg zum Tode führe.

Die beiden waren noch nicht lange in der Richtung nach dem Euphrat verschwunden, als von der Trümmerstätte des Marduktempels her ein

Schwarm von Weibern auftauchte. Mit lautem Geschrei kamen sie gegen den Lagerplatz. Dunkelhäutige babylonische Sklaven trugen die Pechfackeln voran.

Mit lodernden Augen fuhren die Söldner aus ihrem verstimmten Hinbrüten auf. Durstig stierten sie auf die fremdartigen Weiber, die in kurzen Tuniken einhergingen, das Haar aufgelöst über den Schultern.

Der alte Agenor trat den Vordersten entgegen und erhob den Arm. »Geweihter Raum!« rief er, »fort mit euch!« Eine hagere mänadenhafte Babylonierin warf sich auf ihn, schlang die Arme um seine Schultern, klammerte die Schenkel um seine Knie und schrie laut und wollüstig wie eine Besessene.

Unter den andern Frauen entstand wirres Geschrei. Auch die Sklaven erhoben ihre übel tönenden Stimmen, und einer fuchtelte mit der Fackel so unvorsichtig herum, dass er einen Zeltvorhang in Brand setzte. Einige Söldner, die sich der tosenden Weiber bemächtigt hatten, stießen ein Freudengebrüll aus. Die Ängstlicheren standen noch starr, die Rottenführer suchten dem Tumult zu steuern, aber bald sahen sie nichts mehr als ein wüstes Bild der Trunkenheit und aufregendsten Lust, sodass sie, mitgriffen, willenlos hineintaumelten und wie von einem Feuerhauch berührt, die Besinnung verloren. Über die Weingefäße beugten sich Weiber und hielten die Becher hoch über ihre Köpfe. Andere hatten die Gewänder abgeworfen und rannten splitternackt in einer Scheinflucht im Kreis um die lüsternen Verfolger. Betäubend waren ihre sonderbaren Rufe, ihr Girren, wenn sie sich umfangen fühlten, ihr silbernes vogellautartiges Lachen, wenn sie entschlüpften, ihr rasender Gesang bei den Umschlingungen. Eine hatte die ganze Fülle ihres weit hängenden bläulich schwarzen Haares in Wein getaucht und während sie gravitätischen Schritts traumwandelartig sich biegend und drehend jeder Umarmung auswich, tropfte der rote Wein auf ihre Hüften und Schenkel nieder. Zwei Söldner folgten ihr, auf den Knien rutschten sie ihr nach, um den Wein von den kühlen Gliedern zu lecken. Da sprang ein riesig gebauter Makedonier auf sie zu, ergriff sie, hob sie auf die Arme und trug sie davon, während die nassen Haare über die Gesichter und Schultern der andern schleiften.

Einige tanzten. Sie wirbelten die Glieder herum, als wollten sie sie aus den Gelenken stoßen, dann fielen sie nieder und verharrten in lüsternen Stellungen. Zu alledem ertönte eine eigentümlich einschläfernde Musik. Es war, als ob aus einer Flöte, abgedämpft und sanfter, die Laute der Harfe kämen; schrille Klagetöne wechselten mit seufzenden, und bezaubernd schmolzen die leiseren Klänge dahin. Das war die Stimme der milden und zugleich schwermütigen Herbstnacht selbst, die um Babylon ihre dunklen Fäden wob.

Da verließ eine von den Frauen, die nur widerwillig und zum Schein die Rasende gespielt hatte, den Kreis des unzüchtigen Tumults, ohne einen Blick für die am Boden verschlungenen Körper.

Es war Drypetis.

Ihr Gesicht war bis zu den Augen verschleiert. Ihr adeliger Gang hatte jene Müdigkeit, die den Frauen aus sehr alten Geschlechtern eigen ist. Von solcher Abkunft zeugte nicht minder die anscheinende Gebrechlichkeit eines mädchenhaften überfeinen Körpers und die sphinxartige Haltung und Neigung des Kopfes auf dem zarten schlanken Hals.

Die Fackeln waren fast alle verloschen. Sie schritt gegen das Zelt, in dem Hephaistions Leiche lag. Es war von den Wachen im Stich gelassen. Sie wusste es, war es doch ihr sorgsam berechnetes Werk, hatte doch sie selbst den ehrgeizigen Charippos fortlocken lassen, den sie einzig fürchten musste.

Aufseufzend blieb sie stehen. Durch den Kriegs- und Leidenssturm hinausgestoßen aus der tiefen Träumerei ihrer königlichen Einsamkeit, war ihr ganzes Wesen bodenlos, gesetzlos und ruhelos. Nicht im Vergangenen mochte sie weilen, der Gegenwart lebte sie nicht mehr, von der Zukunft erwartete sie nichts. Als Hephaistion gestorben war, wurde es ihr bewusst, dass sie ihn geliebt hatte in solchem Maß, dass Speise und Trank, Schlummer und Wachen, die Bedürfnisse des Körpers ihr nicht mehr als eines Traumes Traum waren, der Anblick der Welt ein Schattengebilde. Es gab Tage oder Nächte, beides war vor ihren Sinnen kaum geschieden, wo sie vor der furchtbaren Ischtar im Staube gelegen und die Haut blutig geschlagen hatte, und andere, wo sie beim priesterlichen Weihgesang die Glieder in das Grab voll purpurnen Mohns getaucht, das im Tempel des Herrn der Beschwörung gegraben ist.

Sie wollte Hephaistions Leib wenigstens im Tode besitzen, dem sie im Leben nichts gewesen war, nicht einmal so viel wie eine Sklavin, die man anschaut, um sie für eine Nachtstunde aufs Lager zu schleppen, nicht einmal so viel wie ein flüchtig blitzender Stein, den man in die Hand nimmt und wieder fortwirft, nicht so viel wie ein rosa Wölkchen, an dem das erdensatte Auge zur Abendzeit Ergötzung findet, nichts, nichts. Sie wollte ihn sehen, ansehen, solange sie es vermochte, ungeschreckt von der Maske des Todes, sie wollte vor der Behausung knien, in der die lichte Seele geweilt, sie wollte die geliebte Hülle zu Uruk in der Totenstadt begraben, damit sie nicht dem Feuer verfalle und aus dem Himmel Zarathustras ausgeschlossen werde; – dann wollte auch sie sterben.

Die Sklaven kamen heran, die hinter den Musikanten wartend auf der Erde gelegen.

Unterdessen wanderte Charippos an der Seite des Griechen unverdrossen durch Gassen und Tore, über Brücken und weite Plätze. Der Bote verfolgte seinen Weg, ohne sich umzuschauen mit großer Eile. Sie kamen an verschlossenen Tempeln vorüber, vor denen riesige Altäre auf Löwenfüßen standen. Sie überschritten breite Straßen, die so gerade hinliefen, als wären sie mit dem Richtscheit ausgemessen. Der Schein der Laternen, Illuminationen, Fackeln und freibrennenden Feuer widerstrahlte prachtvoll und fantastisch auf den glasierten Tonziegeln hoher Mauern. Sie sahen Türme sich erheben, flammend im unbestimmten Rotlicht, wie aus Dunst erbaut, seltsamer Zierrate voll, hoch aufstrebend. An Palästen schritten sie vorüber, aus denen kein Laut drang; wie schlafend standen die ungeheuren Bauten auf weiten Terrassen und menschenköpfige Löwen, sich aufbäumende Bronzeschlangen sahen herab, mit wunderlichem Leben begabt, das ihnen alle Schrecken der Bewegung, nur die Bewegung selbst nicht verlieh. Es tauchten Statuen auf aus schwarzem Stein; in dumpfer Majestät ragten sie, verkörperten die Urnacht, der die Wesen in lautlosem Kampf sich entringen, hatten Augen aus Elfenbein mit goldenen Sternen, und hinter dem starren Lächeln ihrer Lippen schlummerte tückisch die Finsternis des Todes. Sie kamen an hängenden Gärten vorüber, die sich weit emportürmten mit ihrer Palmenpracht, ihren Lorbeerbüschen, ihren vergoldeten Säulen; ein schwerer Duft, ein Hauch wie mit Geheimnissen beladen, wehte herab, und schmeichlerisch sang bisweilen eine Nachtigall.

Klopfenden Herzens erlebte Charippos nun doch diese Stadt. Er vergaß sich selbst, und als sie über eine der gewaltigen Brücken gingen, stand er hoch aufatmend still und klatschte in die Hände. »O herrlicher Strom!« rief er aus und schaute befangen hinunter in das dunkelströmende Wasser, auf dem zahllose Boote und Barken mit blauen, grünen oder roten Laternen fuhren. Und noch einmal brach er aus und erhob treuherzig bewundernd die Arme: »O großes Babylon!«

Er wandte sich ab, um seinem Führer weiter zu folgen, aber dieser war verschwunden.

Er lief einige Schritte nach der Richtung, die der Grieche eingeschlagen haben musste, glaubte da oder dort den weißen Helmbusch des Menschen zu sehen, doch es war Täuschung. »Eho!« schrie er durch die hohle

Hand. Zu seinem Ärger wurde er inne, dass er nicht einmal den Namen des Boten wusste. Es blieben Leute stehen, Babylonier und Perser, die sein auffälliges Treiben beobachteten. Er ging hin und fragte, ob sie nicht einen Mann bemerkt hätten, der so und so ausgesehen. Sie verstanden ihn nicht und schüttelten die Köpfe in ihrer leeren, obwohl würdigen Weise. Er hielt andere an, erkundigte sich nach dem Palast des Satrapen, niemand gab Antwort, niemand wollte ihn verstehen. Sie verachteten den aufgeregten Fremdling.

In Charippos entstand der furchtbare Argwohn, dass er betrogen worden sei, ein Gedanke, der seine Glieder lähmte und den Blick erstarren ließ. Was war im Werk? Hatte er mächtige Feinde?

Nun galt es, den Weg zurückzufinden. Er wusste nicht einmal den Namen des Platzes, wo die ihm anvertraute Abteilung lag. Im Brückentor war makedonische Wache. Er kannte den Befehlshaber, einen gewissen Euktemon, der durch sein von Narben zerfetztes Gesicht berühmt war. Er wagte nicht hinzugehen, aus Furcht, sich zu verraten. Gesenkten Kopfes schlich er rasch vorbei und gab das Losungswort mit verstellter Stimme.

Doch wohin? Nach allen Seiten liefen die unendlichen Straßen und viele lagen leer und finster. Charippos zog den Mantel fester zusammen, drückte den Helm tiefer in die Stirn, sodass die Nackenschiene steil am Hinterkopf abstand, und eilte aufs Geratewohl in die erste dunkle Gasse hinein.

Missgestaltete Hunde liefen herum und weinten wie Schakale. Immer seltener begegneten ihm Menschen. Das Pflaster dröhnte von seinem Schritt. Die Häuser schienen ausgestorben. Beängstigt irrte er weiter und weiter. Er kam zu einem Zypressenhain. Durch das Dunkel schienen weißliche Gestalten zu schweben und wie Nebel sich an die langen Wipfel festzuklammern. Ein Gebet murmelnd, wollte er hastig vorübergehen, als ihn das Getöse vieler Schritte und der Lärm vieler Stimmen zögern ließ. Er fürchtete Verfolger, und was er getan, lastete schon als Verbrechen auf seinem Herzen. In den Schatten der Bäume tretend, vernahm er deutlich die Stimmen der Nahenden.

Es waren griechische Hauptleute. Sie unterhielten sich laut, fast stürmisch. Sie sprachen vom Tod des Inders Kondanyo; sie hatten mit angesehen, wie er auf den Scheiterhaufen gestiegen war, wie ihn die Flammen erfasst hatten. Einer von ihnen blieb stehen, und seine Meinung voll Gewicht ausdrückend, sagte er, dass von allen sterblichen Menschen höchstens Sokrates einen gleich schönen und würdigen Tod gestorben sei. Sokrates aber sei gezwungen worden zu sterben, wandte ein anderer ein, der eine tiefe, melodische Stimme hatte, und dieser habe freiwillig auf das Leben verzichtet.

Sie schritten vorbei. Charippos hörte sie aus größerer Ferne lachen, und ihm ward wehe; er ahnte, dass seine Lippen nie wieder lachen würden. Die Geister des Ehrgeizes flohen aus seiner Brust und eine schattenvolle Betrübtheit senkte sich über ihn. Sie verhinderte ihn, seinen Weg fortzusetzen und hielt ihn im Dunkel des Haines fest. Ohne klaren Gedanken, ganz in Trübseligkeit versunken, schritt er tiefer in die Finsternis, die er zu fürchten aufgehört hatte und die so dicht war, dass er oft mit der Schulter oder dem Arm an einen Baumstamm stieß. Er beschloss sich niederzulegen und den Tag zu erwarten, als er plötzlich in eine Lichtung trat, in deren Mitte ein kleiner See das milde und schwache Leuchten des nächtlichen Himmels widerspiegelte. Nur traumhaft sichtbar zeigte sich auf dem Wasser eine Insel, auf der ein Tempelchen stand.

Wie hingezogen, schritt Charippos an den Rand des Wassers, das von heiligen Fischen bewohnt war. Einige tauchten aus der Tiefe auf und glitten silbern schimmernd vorbei, als sei ein Zauberlicht hinter ihren Schuppen verborgen. Sie spürten die Nähe des Fremdlings.

Während Charippos befangen und ratlos über die Wasserfläche blickte, hörte er neben sich die Atemzüge eines Schlafenden. Er erschrak und wollte in den Hain zurückkehren, doch sein scharfes Auge gewahrte, dass der Liegende ein makedonisches Kleid trug. Dies verwunderte ihn; er bückte sich und rüttelte den Arm des Schläfers. Der Mann fuhr empor.

»Was machst du hier?« fragte Charippos, der, dem Einzelnen gegenüber, seine Haltung wieder gewann. Als der Erwachte die Augen rieb und verstört um sich blickte, fuhr er mit einiger Strenge fort: »Wo kommst du her? wer bist du?«

»Was schreist du denn und gebärdest dich, als ob du ganz Asien in der Tasche hättest?« lautete die unwirsche Entgegnung. »Ich bin Arrhidäus, Alexanders Bruder.«

Charippos prallte zurück, als habe er einen Stoß erhalten. Alexanders Bruder! Eine Ehrfurcht ergriff ihn, die dem Grauen verwandt war. Er fiel auf die Knie, nannte seinen Namen, erzählte abgerissen das Erlebnis dieser Nacht und verschwieg nicht seine Schuld. Er flehte um Rettung, er bat, dass Arrhidäus den Fürsprecher bei Perdikkas mache, falls sich etwas Schlimmes ereignet haben sollte.

Arrhidäus wandte das Gesicht ab und schwieg. Diese Worte waren Musik in seinen Ohren, vermochten sie ihn doch für einen Augenblick über das Gefühl seiner Ohnmacht und Verlassenheit hinwegzutäuschen. Gewiss hätte er Kameraden, Zech- und Spielkameraden zu finden vermocht, aber sein schwärmerischer Sinn, den schalen Vergnügungen abgewandt, verlangte nach der Freundschaft der Besten, Feinsten. Und so in seiner Einsamkeit überstürzte sich seine Fantasie bald in Vorstellungen der Macht und des Ruhms, bald in denen des Untergangs.

»Fürchte dich nicht vor Perdikkas,« tröstete er den zerknirschten Tetrarchen. »Nur wenn du dich klein machst, wird dir Perdikkas groß erscheinen. Es ist eine Zeit wahrlich, in der alle wie die Hunde in Furcht voreinander leben. In eine schmutzige Glut sind alle Geister versetzt. Mir ekelt, Charippos, mir ekelt bis in Herzensgrund. Es ist eine geheimnisvolle Kraft in mir, sie heißt Leben, sie macht mich froh, wenn meine Augen das Licht atmen, sie macht mich dem höchsten König gleich und wenn ich nur ein Bettler bin. Aber jetzt ist es so weit gekommen, dass der Schändlichste mit seiner befleckten Hand den göttlichen Funken in der Brust des Reinsten verlöschen darf. Perdikkas! Wer ist Perdikkas? Ein nüchternes Söldnerhirn, ein streberischer böser Greis. Seine Macht ist ein Zufallsgespinst, ein Witz des Schicksals. Und die andern! Ach, die Worte versagen mir.«

Charippos machte große Augen, doch gestattete er dem Befremden keinen Raum in seinem Innern. Er war glücklich, dass sich ihm dieser Mann so rückhaltlos gab.

»Was für eine Stadt ist dieses Babylon!« fuhr Arrhidäus unvermittelt fort, »wie reich, wie groß, wie bewegt, wie wunderbar in allen Teilen! Sie ist wie ein Tier, wie ein gewaltiges Tier, in der Nacht funkeln seine Augen, und sein Rücken zittert. Erst seit dem Morgen bin ich hier, und schon habe ich einen Gott sterben gesehen. Ich war dabei als er den Scheiterhaufen bestieg, dieser rätselhafte Inder, ich habe gesehen, wie seine Seele leuchtete. Es war, als ob er die ganze Erde in seiner Hand hielte und sie lächelnd mitverbrennen ließe. Er erschien mir größer als Alexander. Wenn ich Alexander sage, so hast du ein Gefühl, als ob ein Blitz aus meinem Mund führe, ist es nicht so, Charippos? Und warum? Was hat Alexander denn so Ungeheures getan? Er hat Schwächere besiegt, hat unfähige Fürsten verjagt, hat den Ehrgeiz der Ehrgeizigen ausgenützt, die Kraftlosen eingeschüchtert, hat mit vielem Geld Städte gebaut, hat mit dem Blut der Seinen nicht gespart, weil er den Funken des Lebens nicht achtete. Aber hat er die Menschen besser oder auch nur klüger gemacht? hat er ein einziges Mal eine einzige Seele erhoben und erquickt? hat er einen Müden weitergeführt, einen Stummen redend gemacht, einen Traurigen froh? Nein. Wenn das Geschick einmal weise und sehend handelt und nicht mehr blind die Rollen verteilt, dann wird sich etwas ereignen, wobei ihr staunen sollt, Makedonier.«

Jetzt geriet Charippos in Bestürzung. Ihm war wie einem Priester, vor dessen Augen der Altar bespien wird, an dem er soeben gebetet. Es ward ihm unbehaglich in Arrhidäus' Nähe. Unruhig schaute er sich um und sagte: »Der Tag bricht an, ich muss gehen.«

»Gut,« erwiderte Arrhidäus, »gehen wir, ich will dich begleiten. Aber du musst langsam gehen, ich fühle mich etwas matt. Es ist die weiche süße Luft in Babylon, die den Menschen erschöpft. Wo liegt deine Abteilung?«

Beide hatten sich erhoben. Charippos besann sich. »Es ist ein Kanal da . . . gegen Mittag,« stotterte er verlegen, »und gegen Mitternacht sieht man den großen Palast. Jedenfalls ist es weit von hier.«

Sie schritten durch die Dämmerung des Hains. Der Duft wohlriechender Kräuter erfüllte die Luft, und es herrschte eine wundervolle Stille. Als sie die Straße erreicht hatten, war sie schon in die warme, sanfte Glut der Morgenröte getaucht. Die Gipfel der Bäume neigten sich unhörbar und schienen bis ins Innerste von purpurnem Licht getränkt. Ein frischer feuchter Wind wehte, und graublaue Wolken zogen in außerordentlicher Höhe über den flachen Dächern. Kein Mensch war zu sehen. Laut schreiend zog ein Schwarm von Kranichen über den erwachten Hain.

Mit Verwunderung beobachtete Charippos die Gestalt des Arrhidäus, der in langen Zügen die Morgenluft durch die geblähten Nüstern sog. Über der schlechten und abgerissenen makedonischen Rüstung trug er einen herrlichen Safran-Mantel mit Goldsaum und Palmettenstickerei, das einzige Geschenk seiner unglücklichen Mutter. Das schwarze Haar hing in dünnen Strähnen zu beiden Seiten des Gesichts herab. Auf seinem Kopf saß eine Lammfellmütze.

Eine Zeit lang gingen sie wortlos nebeneinander her. Plötzlich sagte Arrhidäus mit der ihm eigenen kindlichen Leidenschaftlichkeit: »Du gefällst mir, Charippos. Du hast etwas Bescheidenes und Aufrichtiges in deinem Wesen. Das tut mir wohl, denn ich habe in meinem Leben nichts als Hoffart und Falschheit erfahren. Zum Beispiel die Leute, die mit mir nach Asien gekommen sind, haben mich alle verlassen, weil ich sie nicht gleich bezahlen konnte. Und ich war ihnen ein guter Herr, das darfst du mir glauben. Sei mein Freund, Charippos, lass uns Freunde sein.«

Mit schwankender Empfindung vernahm Charippos diese Worte. Auf so unmittelbare Hingebung war er nicht gefasst und sie verringerte sein

Vertrauen. Zaghaft legte er seine Hand in die sich ihm entgegenstreckende des Arrhidäus.

Karren, mit Gemüsen, Fleisch und Früchten beladen, fuhren vorüber, rollten dumpf über die Steinplatten des Pflasters, und auf den Kanälen glitten ruhig die kleinen Getreideschiffe hin.

»Jetzt erkenn' ich den Weg!« rief plötzlich Charippos voll Freude. »Von dieser Brücke aus müssen wir nach links, an dem Obelisk vorbei, da bin ich gestern gegangen.«

Arrhidäus blickte nachdenklich vor sich nieder. »Du bist am Ziel,« sagte er seufzend, »das meine ist noch weit.«

Eine flüchtige, aber schreckliche Ahnung durchzuckte Charippos. Er fing an, schneller zu gehen, sodass ihm Arrhidäus kaum zu folgen vermochte. Sie gelangten zu einem Olivenwäldchen, und da blieb Arrhidäus stehen. Sein Gefühl von Würde sträubte sich gegen diese Hast, die man nur an Sklaven wahrnimmt. Er ließ sich am Fuß eines der grünlichen Stämmchen nieder und rief Charippos zu, dass er in einer kleinen Weile nachkommen werde. Es drängte ihn, hier zu verweilen und zu träumen, ein Trieb, der oft wie ein krankhafter Anfall über ihn kam und dem er nicht widerstehen konnte. Es war ein schmerzliches qualvolles Sinnen, das ihn bewegte und sein Gemüt aufrüttelte.

Er nahm eine Handvoll Datteln und etwas Bäckerei aus der Manteltasche und begann zu essen. Doch jeder Bissen widerte ihn an. Es war, als ob alle Hindernisse, die sein Wollen fand, sich wie Mauern um ihn erhoben und ihn gefangen hielten. Er warf Früchte und Backwerk fort und, die verschlungenen Hände um die Knie gefasst, schaute er verzweiflungsvoll vor sich hin. So war immer sein Alleinsein beschaffen: Seelenkrampf; ein Überschwellen des Kummers um ein unbekanntes, unerreichbares, gestaltloses Ziel; Streit mit den eigenen Träumen, uferlose Trauer. Da versagte ihm die Vernunft jede Hilfe, die Fantasie jeden Trost.

Charippos, an der Uferböschung hinabschreitend, gewahrte bald die Zelte seiner Abteilung. Aber was für ein Anblick bot sich seinen Augen! Es war kein friedliches Lager mehr, es war ein Tumult. Die Söldner rannten durcheinander, schon von Weitem war ihr Geschrei zu hören. Mit fuchtelnden Armen schrien sie, und ihre Gesichter waren bleich.

Kaum sahen sie Charippos, als ihm sieben oder acht entgegenstürzten.

Ein unerhörter Frevel war geschehen. Hephaistions Leichnam war geraubt.

Mit einem Aufschrei fiel Charippos zu Boden.

Der Hauptmann Agenor kniete neben ihn hin und rüttelte ihn an den Schultern. Die andern tobten und schrien, wie sie vorher getobt und geschrien hatten. Das Schuldbewusstsein würgte sie, erdrückte sie. Das Geständnis ihrer Ausschweifungen an diesem Ort, ihrer Pflichtvergessenheit musste allen den Tod bringen. Ihre einzige Hoffnung war Charippos gewesen. Die Räuber verfolgen? wohin? wer war es? in welchem Teil der unermesslichen Stadt hielt er sich auf? Die Verwirrung wurde immer größer.

Da erschallte ein erstickter Ruf, und hundert Stimmen flüsterten, stammelten den gefürchteten Namen Perdikkas.

Von Agenor gestützt, richtete sich Charippos langsam empor. Aus seinem Gesicht war jedes Zeichen des Lebens entschwunden. Er riss sich von Agenor los und stürzte mit brüllenden. Aufschrei Perdikkas zu Füßen, dessen Knie umklammernd.

Der Leibwächter verfärbte sich und fragte, was geschehen sei. Agenor trat herzu und wollte sprechen. Er konnte nicht, die Worte blieben tonlos im Hals. Sein ausgestreckter Arm wies auf das entweihte Totenzelt. Mit einem Satz, einem Sprung war Perdikkas dort. Die Söldner starrten zur Erde, wo zerbrochene Kannen und zerfetzte Kränze lagen. Jenes Zelt, dessen Türvorhang verbrannt war, schaute wie mit einem hohlen Auge auf die Schweigenden.

Schnell hatte sich Perdikkas gefasst. Durch kurze Fragen entpresste er den Nächststehenden, was er wissen musste. Alexander gegenüber war er allein verantwortlich. Unabsehbare Folge trug es für ihn, wenn Alexander in Erfahrung brachte, was sich hier ereignet hatte. Mit gewaltiger Anstrengung sammelte Perdikkas alle Besonnenheit, deren er fähig war. Sein gelbliches Gesicht schrumpfte zusammen, die weißen Brauen unter der unschönen Stirn ballten sich wie Wolken, und als er unter die stillwartenden Söldner zurückschritt, war sein Entschluss fertig.

»Charippos!« rief er mit metallisch tönender Stimme.

Charippos wankte in die Mitte des schnell gebildeten Kreises. Ein Schauer nach dem andern huschte über sein jünglinghaft hübsches Gesicht.

»Ein Soldat, der seinen Posten verlässt, muss sterben,« sagte Perdikkas. »Wenn ein Befehlshaber es tut, soll er dreifach sterben. Ich verurteile dich ohne Stimmenabnahme zum Tod, Tetrarch. Isäos! Euthios! Anytos! Tut eure Pflicht!«

Charippos hatte bis jetzt so heftig an Armen und Beinen gezittert, dass es aussah, als wolle er von Neuem hinstürzen. Doch als er das Urteil vernommen hatte, kehrte eine eigentümliche Ruhe in ihn ein. Die Züge seines wachsbleichen Gesichts versteinerten sich, die blauen Augen erhielten einen dunklen stählernen Schimmer, sie schienen gefüllt von den gefrorenen Träumen seines einst so ungestümen Ehrgeizes. Er sah und erkannte, dass ihm nichts übrig war als wie ein Mann zu sterben. So kreuzte er mit heldischer Gebärde die Arme über der Brust, als die drei Makedonier mit gezogenen Schwertern auf ihn eindrangen. Mechanisch wich er einen einzigen Schritt zurück, mechanisch lächelte er, dann spürte er einen wahnwitzigen Schmerz in der Brust, ein Ding so kalt wie Wasser in seinem Bauch, und ächzend stürzte er vornüber zu Boden. Noch ein Augenblick schwerer Todesangst, und es war aus mit ihm.

Perdikkas trat an die blutbegossene Leiche und winkte den Söldnern, dass sie sich dichter um ihn scharen sollten. Mit unterdrückter Stimme begann er zu reden. Er sagte, dass sie eigentlich alle das Leben verwirkt hätten, und dass es nur ein Mittel zu ihrer Rettung gäbe: unverbrüchliches Schweigen über die Ereignisse der Nacht und des Morgens. Er forderte sie zum feierlichen Schwur auf, und die Söldner, von Freude berauscht, dass sie so leichten Kaufs davonkommen sollten, erhoben den Arm. Sie glaubten, einen Beweis der Gnade und Liebe von Perdikkas zu empfangen, denn sein herrschermäßig kühles Wesen ließ sie nicht erkennen, dass er als Schuldiger unter Schuldigen handle.

Perdikkas sagte ferner, die Nachforschungen um den geraubten Leichnam sollten sogleich beginnen und insgeheim betrieben werden. Indessen gebot er, den Körper des Charippos zu entkleiden, zu waschen, zu salben und ihn einstweilen in den erbrochenen Sarg Hephaistions zu legen. Am Abend sollte der Sarg, in den fertiggestellten goldenen Sarkophag eingeschlossen, zum Tempel des Serapis gebracht werden.

Den Soldaten lief es kalt über den Rücken. Sie fanden etwas Grausiges in der Vorstellung, dass der unscheinbare Charippos im Tode das herrliche Haus beziehen solle, das durch die Trauer Alexanders gefeit und geheiligt war. Doch am Gehorsam hing ihr Leben, jeder begriff, dass ein Augenblick des Zauderns alle zugrunde richten würde, und tief in ihrer Brust befestigten sie noch einmal den Entschluss ehernen Stillschweigens.

Während einige Söldner die Leiche davontrugen, drängte sich ein Mensch in den dichtstehenden Kreis, dessen Nahen in der allgemeinen Erregung nicht bemerkt worden war. Die ersten, die ihn als Fremden erkannten, hielten ihn fest. Es war Arrhidäus. Er fragte nach Charippos, man antwortete ihm nicht. Die Söldner suchten ihn vom Vordringen abzuhalten, denn das Blut des Gerichteten floss noch über die Erde, wo er gelegen war.

Arrhidäus ahnte Böses. Er wollte sich losreißen. Da kam Perdikkas auf die bewegte Gruppe zu. Mit finsterer Miene wandte er sich an Arrhidäus und sagte scharf: »Du suchst Charippos? Er hat soeben den Tod eines Verräters erlitten. Sein Körper liegt im Wasser des Kanals.«

Arrhidäus' Augen erweiterten sich und verloren ihren Glanz. Er schlug die Hände zusammen und sein Kopf fiel gegen die Brust. Ihm war, als ob das Geschick nun wieder eine Brücke in Trümmer geschlagen hätte, die zur Erfüllung seiner Träume führte. Nicht so sehr das Ereignis selbst verwundete sein Herz, als die Tücke, mit der es die Stunde gewählt hatte. Mir wird kein Glück, fuhr es ihm durch den Kopf. Wie ein Knabe stand er vor Perdikkas und den Söldnern, fühlte nicht ihre unruhigen, verächtlichen Blicke, wagte nicht zu fragen, nicht aufzublicken. Er betrauerte nicht Charippos, sondern den Freund, den ihm das Schicksal ein für alle Mal versagte.

Perdikkas beobachtete den jagenden Wechsel des Ausdrucks in Arrhidäus' Gesicht. Seltsam, manches in diesen Zügen erinnerte ihn plötzlich auffallend an Alexander. Er lächelte düster.

Zehntes Kapitel

Der Dämon diademgeschmückt

Jählings überfällt die kalte Regenzeit das babylonische Land. Hinter endlosen Wolkentüchern liegt unsichtbar die Sonne, nur beim Untergang rötet sie den Saum, der Himmel und Erde scheidet. Ungeheure Schwärme wilder Enten ziehen nach Norden, der Euphrat verwandelt sein sanftes Grün in tückisches Gelb, die Kanäle schwellen gegen ihre Dämme empor, und die Herden, die sommersüber in den Grasflächen des oberen Stromlandes geweidet, werden in die Stadt getrieben.

Alexander irrte Tag und Nacht mit wenigen kleinen Booten durch die Sümpfe und übernachtete an ihren öden Ufern. Oft gelangte er an den Fuß der Mauern und lauschte den lang gezogenen Signalrufen der Zinnenwächter. Botschaften über Botschaften kamen aus der Stadt, die Baumeister, die Schiffsbauer, die Gesandten, die Führer suchten ihn – er floh jede Rede, jedes Gesicht. Ihn selbst erstaunte sein Zögern, das unselige Verweilen, das dem Tasten eines im Finstern Verirrten glich. Hin und her ging die Fahrt, von den Sümpfen in die Kanäle, von den Kanälen in die Sümpfe. Das Lagern und Zeltaufstellen im durchweichten Boden wurde immer beschwerlicher, aus der kleinen Anzahl seiner Begleiter erkrankten einige und starben einen schweren Tod, das Ohr gefüllt mit dem Tosen der Stürme, während der Regen ihre noch warmen Glieder nässte.

In solch einer stürmischen Nacht, wo der Wind den Regen wie Peitschenschnüre an die Wand des Zeltes hieb, hatte Alexander einen Traum. Er träumte, er säße nackend auf dem Thron, da kamen vier junge Adler und trugen ihn weit in die Lüfte empor und weit fort in eine unermessliche Ebene. Und plötzlich war alles voll von Adlern, vom Himmel flogen sie herab, den Schlünden der Erde entstiegen sie und jeder einzelne trug einen abgerissenen blutigen Menschenkopf zwischen den Fängen. Ihre blitzenden Augen glichen Millionen Funken, wie eine fürchterliche schwarze Wolke näherten sie sich, und auf einmal rauschte ein Wesen daher, das ganz unsichtbar war bis auf ein schrecklich geöffnetes Maul. Alexander fühlte seinen Körper ergriffen und durch den Sand geschleift, der ihn mit nadelgleichen Stichen verletzte, und ein Mann stand am Weg, der still und friedlich aus einem Sykomorenstamm breite Bretter sägte. Der Anblick dieses Menschen nun war aus irgendeinem unbegreiflichen Grund so fürchterlich, dass Alexander in ein langes Geschrei ausbrach, und nicht nur er selbst erwachte davon, sondern auch alle Leute in den benachbarten Zelten. Sie stürzten herein. Schweißbedeckt, zitternd saß er aufrecht und stierte mit verloschenen Augen vor sich hin.

Als er in der Abendstunde auf dem Wasser weilte, kam ein Boot gefahren, in dem ein phrygischer Hauptmann mit seinen Sklaven saß. Er kam aus dem Königspalast in Babylon und brachte wenige Zeilen von Roxanes Hand – eine Frage, einen Seufzer, einen schüchternen Vorwurf. Alexander las. In tiefem Besinnen schaute er über die ungekräuselte Fläche des Wassers.

Er gedachte einer Vergangenheit, die entrückt schien wie das tausendste Jahr. Der Sogdianische Felsen, in den sagenvollen Wolkenhimmel Baktriens getaucht; rauschende Urwälder an unbekannten Strömen; in einem Märchengewand Roxane, ein Gebilde aus dem goldnen Mondschein ihrer Berge, so schön, dass die Natur, die sie hervorgebracht, neidvoll zu erschauern und dieser Gestalt aus Fleisch und Bein das verliehene Leben zu missgönnen schien. Er hatte sie ergriffen, wie er damals alles ergriff und an sich presste: Länder und Meere und die unbekannte Zukunft. Ein Liebestraum! Ein Glück von vierzig Tagen, ein Traum von vierzig Nächten! Er hatte seine Pläne vergessen, das wartende Heer, die Gesichter und Namen seiner Freunde. Ein Garten war die Welt gewesen, an dessen Pforten die Stürme sich niederlegten und das Schicksal vorüberging . . .

Mitten in der Nacht zog Alexander mit seinen Begleitern durch das Ischtartor in die löwengeschmückte Prozessionsstraße, und es öffnete sich ihm der lichterflammende Palast der Könige Babylons.

Wenige Tage später kam Meleager von seinem Zug gegen die Kossäer zurück. Er hatte das aufrührerische Volk in zwei Schlachten völlig vernichtet. Er hatte dabei nur sechshundert Leute verloren und ihm selbst war die linke Hand abgeschlagen worden. Freudig kam der Siegreiche nach Babylon, der Anerkennung seines Herrn gewärtig. Doch sonderbar, Alexander weigerte sich, ihn zu sehen und mit ihm zu sprechen. Und nicht nur das, er überschickte ihm den demütigenden Befehl, eine Horde von Sträflingen auf die Insel Rosala im Persischen Meer zu bringen.

Meleager war verzweifelt und wollte sich töten. Seine Freunde versammelten sich und hielten Rat; wenn das der Lohn der Treuesten war, dann war die ganze Zukunft auf Wasser gebaut. Perdikkas erbot sich noch einmal mit Alexander zu reden. Eumenes warnte umsonst. »Hephaistions Schatten steht vor Meleager,« sagte der Seelenkundige. Aber Perdikkas ging dennoch.

Ihn erschreckte ein Ausbruch wildesten Zorns, als er mit seiner Bitte fertig war. »Habt ihr schon verlernt zu gehorchen?« schrie Alexander. »Sind meine Befehle die eines Wahnsinnigen, dass jeder kommen darf, sie ungeschehen zu machen? Soll ich geleistete Dienste nach euern Ansprüchen oder nach meinem Ermessen belohnen?«

Perdikkas schwieg. Draußen tobte ein Morgengewitter, der Sturmwind heulte um das Dach des lang gestreckten Saals. Die goldgelben Figuren auf dem himmelblauen Grunde der Wand leuchteten auf in den Strahlen der Blitze, und es erglühten die Edelsteine, mit denen das Holzwerk der Türen verziert war.

Auf einmal wurde das Gesicht Alexanders starr. Er hatte sich erhoben und der schweifende Blick der entflammten Augen war durch ein Unerklärliches festgehalten worden. Er gewahrte mitten unter den vielen Gesichtern eines, das ihm sein eigenes zu sein schien, nur in einer grauenhaften und widerlichen Verzerrung. Ja, es war seine eigene Stirn, nur dass sie von der lebendigen Kraft der Tat verlassen war; sein eigenes Auge, nur müde von Träumereien, sein Mund, aber auseinandergezogen und unentschieden durch Trägheit des Gefühls.

Mit fieberhafter Gebärde packte Alexander einen der schönen Knaben am Arm, die um ihn standen. »Wer ist der dort?« fragte er, doch im selben Augenblick erkannte er ihn. Es war Arrhidäus. Mit zitternder Hand bedeckte Alexander seine Stirn, die voll von perlengroßen Schweißtropfen war, und sank wie vernichtet auf den Sitz zurück.

Was war das?

Als die notwendigen Geschäfte erledigt waren, ließ er Arrhidäus Namen rufen. Doch jener hatte den Saal schon verlassen. Perdikkas machte sich anheischig, ihm Botschaft zu überbringen; er habe ihm Wohnung im alten Palast auf der andern Stadtseite angewiesen.

»Von der Straße habe ich ihn aufgelesen,« sagte Perdikkas, »es ist gut ihn zu beaufsichtigen, schließlich ist er doch der Sohn Philipps. Er leidet an wirren Einbildungen, schreit nachts im Schlaf, ist bald verdüstert, bald übermäßig lustig und spielt sehr gut die Flöte. Niemand kann aus ihm klug werden.«

»Der Sohn Philipps,« wiederholte Alexander kopfnickend mit bösem Lächeln und schloss die Augen. »Wenn ein Löwe und eine Äffin das Lager teilen,« fuhr er fort, »dann entsteht eine Lüge der Natur. Man gebe dem Menschen Geld, soviel er braucht, und Sklaven, soviel er verlangt. Den Anteil an seinem Blut will ich bezahlen; er kann nicht teuer sein, und wenn jeder Tropfen eine Satrapie kosten würde.«

Alexander verließ den Saal durch einen Seitenausgang. Auf den Treppen, Terrassen, in den Hallen, Sälen, Höfen und Vorgemächern herrschte unaufhörliches Hasten, Drängen, Fragen, Rufen, Kommen und Gehen. Da waren Hauptleute, Gesandte, Eilboten, Bettler und Bittsteller; da spazierten kostbar geschmückte Dirnen lächelnd auf und ab, warteten vornehme Babylonier mit unerschütterlicher Geduld, bis sie den Palastobersten sprechen konnten, rannten Sklaven hin und her, lehnten hohlgesichtige Eunuchen erloschenen Blicks an den Wänden, hockten Schwärme von Wahrsagern, Zeichendeutern und Traumkundigen und weissagten aus dem Flug der Schwalben, der Störche, der Wildgänse, aus den Flammen und dem Rauch der Fackeln, den Zacken der Baumblätter, den Strahlen der Diamanten, aus geometrischen Figuren, den Äderungen des Marmors, den Rissen in getünchten Mauern, dem Sichheben oder -Senken der herbstlichen Nebel, dem Zug und der Gestalt der Wolken, aus den Tönen, die eine vom Wind bewegte Ledergeisel auf kupfernen Becken hervorbringt, und aus dem kaum sichtbaren Schatten, den die Träume auf dem Gesicht zurücklassen.

Alexander betrat ein Rundgemach und nahm von einem vergoldeten Ebenholztisch, der mit Salbflaschen, Dosen voll wohlriechender Pulver, Büchsen aus Chalcedon und Vasen aus gefärbtem Glas bedeckt war, einen Metallspiegel. Lange betrachtete er in dem unsicheren Licht seine eigenen Züge. Dann richtete sich sein Blick mechanisch auf den düster leuchtenden Kupferbelag der Türschwelle.

O Gott, betete er verworren vor sich hin, gib mir Klarheit. Lass mich wissen, warum ich ein Anderer werden musste. Gib mir zurück, was ich verloren habe. Wie steht es mit mir, großer Vater, bis wohin ist mein Maß gefüllt? Sei mir günstig, und ich will dir opfern wie nie ein Sterblicher geopfert hat. Denn was wäre mir dazu versagt? Willst du Menschen haben, so will ich dir Menschen opfern, hundert, zehntausend, hunderttausend, soviel du verlangst. Begnade mich, hoher Herr des Himmels.

Die Tage liefen, liefen . . . Für Alexander gab es keine Rast. Es war, als peitsche er die Zeit und halte sie zugleich mit beiden Fäusten an sich, wie man ein feurig-wildes Ross hält: vorgebeugten Halses, die Stirnadern angeschwollen, den vertrockneten Mund geöffnet, die Haare schweißnass, die Lider weit aufgerissen und den Blick mit einer der höchsten Gefahr entspringenden Festigkeit nur gerade auf das nahe Tier geheftet.

Bei einem Gastmahl, das Nidintubel, ein vornehmer Babylonier veranstaltete, erhielt Alexander die Nachricht, dass eine Statue Hephaistions, von einem samischen Bildhauer verfertigt, in Babylon angelangt sei. Alexander hatte viel getrunken. Er befahl, die Statue sofort hierher zu schaffen.

Es geschah. Auf einem von Ochsen gezogenen Karren wurde der von seiner Holzrüstung schon befreite, nur noch in Wolle und ungegerbte Haut eingehüllte Marmor gebracht und von zwanzig äthiopischen Sklaven vorsichtig in den Saal des Gelages getragen.

Unter dem Schweigen der Gäste näherte sich Alexander der formlosen Masse, hinter der Hephaistions Bild schlummern sollte. Einige Führer eilten herbei, um mit ihren Schwertern die Hülle zu zerschneiden. Alexander hielt sie ab. Er zauderte. Mit einem verdämmerten Blick streifte er die große Versammlung, die vielen ihm zugewandten Gesichter, in denen der Ausdruck heuchlerischer Demut lag, und er bereute was er getan. Er fürchtete das Emportauchen des Marmorgesichts. Es war ihm, als zöge er die Seele aus dem Schattenbereich, und er fürchtete sich, von ihr gesehen zu werden. Er fürchtete sich.

Da erschallte vom oberen Ende der Tafel eine jähe und schrille Stimme: »So bekränze ihn doch mit dem Diadem, Alexander, wie damals in Susa! Was zögerst du? Was dem Lebenden recht war, wird dem Toten billig sein.«

Die lautlose Stille, die jetzt folgte, wurde noch peinlicher dadurch, dass Alexander dastand, als habe er nichts gehört. Er wusste nicht, wessen Stimme die Worte gerufen, noch begehrte er es zu wissen. Er ließ den verhüllten Marmor wieder fortbringen, begab sich an seinen Platz bei der Tafel zurück und blieb finster und in sich gekehrt.

Sein Körper war etwas beleibter geworden, besonders der Hals war auffallend verdickt. Der dunkelschmachtende Blick war derselbe geblieben, solange er ruhig saß oder lag; doch bei der geringsten Bewegung, beim Gehen, bei jedem Wort, das er sprach, flammte es schwül auf hinter den lang bewimperten Augen, deren Weißes stärker als bei einem Türkis ins Bläuliche schimmerte. In der obersten Reihe der Zähne war eine Lücke entstanden; vor wenigen Tagen war ihm ein Vorderzahn plötzlich ausgefallen. Wenn er sprach, sah man es, und es wirkte um so unheimlicher, als die übrigen Zähne von großer Schönheit waren.

In der Nacht kamen die Frauen. Schüchtern traten sie ein, ihre unschuldigen Blicke und Gebärden hielten jede Annäherung fern, die Augen waren niedergeschlagen, der Mund streng geschlossen. So reizten sie die Künste der Verführer zu äußerster Anstrengung. Langsam verwandelte sich ihr Wesen, die Wangen röteten sich, die begehrlichen Lippen öffneten sich, die Augen erstrahlten in einem krankhaften Feuer, sie lösten die Haare, streiften die Gewänder ab, mit tückischer Berechnung Stück um Stück, dann war jede Scham verschwunden und unter dem Lärm der Musik riss ihre Lust alles mit sich fort.

Alexander schaute eine Weile gleichgültig in das Gewühl. Endlich erhob er sich und ging. Vor den Toren warteten gedeckte Sänften. Es regnete in Strömen.

Lautlos lag Alexander und starrte nach der Hornlaterne, die von der Mitte der Sänfte herabhing. Das rötlich braune Licht übergoss die silbergestickten Decken und Polster, dass es unruhig flimmerte wie bewegtes Wasser im Mondschein. Er horchte auf das Brausen und Klatschen des Regens. Es war ihm so einsam, als ob er sich mitten im Meer, in der Tiefe des Meeres befände. Sein Herz war zusammengeschnürt. Der Kopf schmerzte, die Lippen brannten ihm. Er lauschte angestrengt auf menschliche Laute von draußen. Nichts war zu hören als der eintönige Ruf des Verschnittenen, der den Trägern und Sklaven voranging. Ein lange andauernder Schauder überflog seinen Leib, vom Scheitel über den Nacken und die Schenkel lief es wie eiskaltes Öl bis zu den Fußsohlen hinab.

Auf der Trümmerstätte des Marduktempels arbeiteten mehr als zwölftausend Menschen: Sklaven, Gefangene und Freie, Syrer, Baktrer, Ägypter und Hebräer, um den Sand, das zerbrochene Ziegelwerk, die Ton- und Alabasterplatten, die Basalt- und Granitblöcke, die vermorschten Zedernbalken und die ausgegrabenen Gefäße zu entfernen. Eine ungeheure Staubwolke lag über dem Platz, der so groß war wie eine griechische Stadt. Zweimal kamen Abgesandte der Hebräer zu Alexander. Sie flehten um ihren heiligen Festtag, den Sabbat; an diesem Tage wollten sie vom Frondienst befreit sein. Aus uralten Schriften bewiesen sie, dass ihr Gott selbst, den sie für den mächtigsten aller Götter hielten, am Sabbat geruht habe, nachdem er in sechs Tagen die Welt erschaffen.

Diese Behauptung erregte schallende Heiterkeit unter den anwesenden Philosophen aus Griechenland. Aber die Chaldäer nahmen sich der Verhöhnten an. Sie leugneten nicht den Gott der Juden, sie leugneten nur seine Allmacht. Sie betrachteten ihn als einen dienstbaren Gott der großen Götter Babylons.

Die Bitte der Hebräer war umsonst.

Sie kamen zum dritten Mal. Sie schickten ihre ehrwürdigsten Männer. Alexander hörte sie ruhig an, und als sie geendet hatten, sagte er finster: »Wenn ihr so fest an diesen Gott und seine Gesetze glaubt, so wendet euch doch an ihn und nicht an mich. Vielleicht vermag er etwas über mich.«

Darauf trat der Älteste vor und spie zum Entsetzen aller Zuschauer verächtlich auf den Schemel vor dem Thron. Er riss sein Gewand vom Leib und verfluchte Alexander und sein Geschlecht.

Er wurde den Löwen im königlichen Palast zum Fraß hingeworfen. Die übrigen wurden in Ketten gelegt und in eiserne Käfige gefangen gesetzt, die sich im Tore Beltis neben der großen Halle befanden. In Schmutz und Unrat kauernd, verbrachten sie Tag und Nacht mit glühenden Gebeten, das Gesicht gegen Westen, gegen Jerusalem gewendet, eine kleine Stadt in Syrien, wo ihr heiliger Tempel stand.

Am nächsten Sabbat weigerten sich alle Hebräer, die Arbeit aufzunehmen. Die Aufseher schlugen mit Peitschen und Knütteln auf sie los; man hetzte die wilden baktrischen Hunde auf sie; lydische Söldner rückten mit gesenkten Speeren gegen sie an – es war vergebens. Sie ließen sich schlagen, stoßen, beißen und niederstechen, und kein Klageschrei kam aus ihren dicht gedrängten Scharen. Stamenes, der Statthalter, wurde benachrichtigt und erschien auf dem Platze, und der Tumult zog mehr und mehr Leute herbei, Söldner, Krämer, Schiffer und eine Menge müßigen Gesindels. Stamenes schickte nach Alexander, der am Sonnentor war, wo ein Teil der Stadtmauer niedergerissen wurde, denn das Ziegelwerk diente zum Scheiterhaufenbau für Hephaistions Totenfeier. Alexander kam.

Es war ein klarer Tag. Kalter feuchter Wind wehte. Der Boden war mit welken Blättern bedeckt, unter denen sich viele bunt schillernde Pfauenfedern befanden. Alexander blickte hinunter auf das menschenüberfüllte Trümmerfeld. Dicht unter ihm, zwischen zwei verfallenen, vom Rauch der einstigen Feuersbrunst geschwärzten Mauern lagen Tote und Verwundete. Von den Bissen der Hunde zerfleischt, wälzten sie sich wimmernd in breiten Blutlachen. Ein Jüngling rannte mit weitoffenem Mund, doch ohne zu schreien, wie toll im Kreis herum. Er trug seine herausgequollenen Eingeweide in beiden Armen. Ein anderer, dem das Blut über das Gesicht lief, feuerte seine Brüder an, mutig zu dulden.

Der Statthalter hatte von unten her Alexander gesehen und lenkte sein Maultier den Hügel hinan. Voll Ekel wandte sich Alexander von ihm ab. Dieser Stamenes war ehemals schlank, groß, kräftig, schön gewesen. Jetzt war sein Körper aufgequollen und formlos, sodass er weder gehen noch ein Pferd besteigen konnte. Sein Gesicht war ein weißer Klumpen Fleisches, worin Augen und Lippen hilflos versunken waren, die Haut war mit Geschwüren überzogen und aus Ohren und Nase rann der Eiter. So hatte ihn Babylon verwandelt.

Mit dünner Stimme fragte er, was nun geschehen solle, und streckte lachend den nackten, keulenartig dicken, mit breiten Goldringen besetzten Arm hinunter. Alexander schwieg düster, doch plötzlich zuckte sein ganzer Körper heftig zusammen. Aschfahl im Gesicht starrte er hinab. Der hebenden Hand entfiel der Zügel.

Er erblickte Arrhidäus, der unter einer Schar von Söldnern auf die wehrlosen Juden losstürmte. Er hatte das Schwert gezogen, und ein fortwährendes Geschrei kam von seinen Lippen, wodurch er sich selbst zur Tat befeuerte. Von einer sinnlosen Leidenschaft war sein Gesicht, sein ganzes Wesen verzerrt. Er gebärdete sich wie ein Kind, das durch die Empfindung seiner Grausamkeit berauscht, mit dem Stock in einem Ameisenhaufen stochert. So war es auch. Arrhidäus wollte sich stählen durch den Anblick von Blut. Sorgfältig hatte er alle Eigenschaften zergliedert, die zur Ausführung großer Taten gehören; er wollte den schwankenden Willen befestigen, die sanfteren Stimmen der Seele töten und achtete den Schmerz nicht, den ihm dies bereitete.

Wieder glaubte Alexander, in diesem hageren, zuckenden, eifervollen Gesicht mit dem halb offenen, zahnlückigen Mund sich selbst zu sehen in aberwitziger Verzerrung, als ob ein Schatten die Züge seines äußeren Wesens entlehnt hätte, um ein geheimnisvolles und trauriges Spiel zu treiben.

Mit überstürzter Hast befahl er, das Gemetzel zu beenden und den Hebräern ihr Fest zu geben.

In den Palast zurückgekehrt, schickte er Leute aus, um Arrhidäus holen zu lassen. Erst gegen Abend fand man ihn im Susaquartier inmitten einer Meute von halb verhungerten Hunden, die er, einem milden, weltfernen Hirten gleich, mit Weizenbrot fütterte. Man sagte ihm, Alexander wolle ihn sprechen. Er horchte hoch auf. Die Sklaven bewogen ihn, sich auf einen zufällig in der Nähe grasenden Esel zu setzen, damit er rascher in den Palast gelange. Und bald ritt er auf dem Rücken des Grautiers dahin, unerstaunt, mit einem leisen Lächeln verzückter Träumerei auf den Lippen.

Von unerträglicher Qual getrieben, irrte Alexander durch die Räume des Palastes. Sein erschöpftes Gefühl vermochte die Wirklichkeit nicht mehr mit ganzer Kraft zu fassen, sodass ihm all diese Hallen, Höfe, Torgänge, Turmzimmer und Gewölbe wie von einem törichten Traum erzeugt schienen. Nur mit Traumsinnen, ferner, ungreifbarer, nahm er alles wahr, kam in ein Gemach, wo eine goldene Palme war und ein Weinstock von Gold, dessen Trauben aus wunderbaren Smaragden und indischen Karfunkeln bestanden, schritt eine gelbe Treppe hinab in ein anderes Gemach mit Stühlen, Betten und Tischen aus lauterem Golde, erblickte die Wandmalereien wie wirkliches Leben: die Figur eines Weibes mit dreifacher Krone und Diener mit silbernen Kelchen und paarweise galoppierende Reiter, den Falken auf der Faust, fliehend vor geflügelten Greifen, und eine göttliche Gestalt, die sich von einem Halbmond erhob, als ob es eine Lagerstätte sei. Er kam in einen Saal, dessen Wände mit wunderlichem Schriftwerk bedeckt waren; Könige der Vergangenheit eröffneten der Nachwelt Kunde ihrer Taten und Werke – ruhmvolle und ungewöhnliche Dinge zu ihrer Zeit, doch nun verschollen und bedeutungslos. Mit Augen, die vom Schmerz desselben langen Traums erfüllt waren, ging er vorbei an Statuen aus Ebenholz und Silber und schwarzem Basalt, an reich verzierten Pilastern und Bogenfriesen, an Zedernsäulen, mit Goldschuppen beschlagen, an bronzenen Toren, die sich in Männerschenkeldicken Angeln bewegten, an kostbaren Teppichen, die mit Figuren mythischer Tiere bedeckt waren, an herrlichen Geweben und Stickereien, an Opfertischen aus Gold und Elfenbein. Frierend ging er durch die mächtige Halle der Bibliothek, wie Eiseshauch wehte ihn der Geist der Zauberei und Weisheit an, der hier in Gräbern lag.

Es wurde Nacht. Alexander kam in die Höfe vor den Frauenwohnungen. Ihn drängte es einem Menschenangesicht entgegen, in Menschenaugen wollte er blicken, ruhen wollte er und vergessen und nicht denken. Die Verschnittenen warfen sich zur Erde. Junge Sklavinnen trugen Fackeln. Schwere Teppiche hoben sich, düster blitzte das Licht auf den purpurnen Wänden, noch wenige Schritte, und er stand vor Roxane . . .

Sie war geisterhaft schön.

Sie war schlank und hochbeinig und ihre Bewegungen hatten etwas Ungefähres, schlafend Schwermütiges wie bei edlen gefangenen Tieren. Ihr Haar, gelbrot wie Eidotter, mit Goldstaub bestreut, war nach griechischer Art in einen Knoten gesteckt, und ein Lederstreifen, mit einer Stephane verziert, war um den Kopf geschlungen. Sie hatte große, graublaue, weit geschlitzte Augen, in denen die wartende Trauer der langen Einsamkeit lag. Sie trug eine Kette von 175 verschiedenfarbigen Edelsteinen, die ihr Olympias als Morgengabe geschickt. Auf siebzehn lange Schnüre gereiht, hingen von den Schultern bis zu den mit goldnen Bändern geschmückten Knöcheln der Füße die riesigen, rosengleich schimmernden Perlen aus den Fischereien von Bahram über das unendlich feine Gewebe ihres Kleides.

In ihrem Wesen war etwas so Verhaltenes und Verstörtes wie bei einem Weib, das nackt vor einer Versammlung steht und dem die Scham alle Besinnung verdunkelt. Die wunderbare, alabasterglatte Stirn zitterte.

Ehedem war sie den Leuten ihres Volkes wie eine Göttin des Lachens erschienen. Ein griechischer Künstler, der zu Baktra in der Verbannung lebte, hatte eine Statue geformt, in der Roxane, den hocherhobenen Kopf von Traubenbündeln beschwert, einen Ausdruck erhabener Sorglosigkeit in den Zügen, als Genius der Freude verherrlicht war. Jetzt war ihr matt geweintes Herz finster. Ein Leben hinter Mauern zu führen, fern von Wald und Berg, ohne Sommer und Sonne, dazu war sie nicht geschaffen. Sie fühlte sich vereinsamt und verstoßen, mit wilden Gelüsten war sie im Kampf, und alles, was in ihr gut und licht hätte werden können, war schlecht und dunkel geworden.

Alexander zog sie auf das Lager nieder. Was war geschehen? So hatte sie ihn nie erblickt. Auf seinem bläulich weißen Gesicht lag eine solche Trauer, dass sie ihn zum ersten Mal als Mann und Menschen zugleich nahe fühlte. Sie begriff, dass er nicht sprechen konnte, und als sein Blick sie berührte, so Leben suchend, so fest, so starr, so flammend und so dunkel, dass die Lippen, die sie ihm entgegenhielt, sich vor Schrecken mechanisch schlossen, da wusste sie, dass in seinem Innern etwas Furchtbares vorging, und sie ergab sich und vergaß ihr eigenes Leiden. Niemals hatte sie die Größe seiner Natur so empfunden wie in dieser Stunde seiner hilflosesten Schwäche. Und nun fügte es der unerforschliche Ratschluss von oben, dass die Flamme des Lebens sich um beide Seelen schlang, als ihre nackten Leiber zusammentraten, und dass im Schoß des erbarmenden Weibes der Keim sich löste und hinausfloss in den Raum der belebten Geschöpfe, der in allen früheren Stunden der bloßen Sinnenlust unberührt im Nichts verblieben war.

Der Mond stand rein am stahlblauen Himmel, als Alexander wieder einsam auf der Mauerbrüstung des Palastes gegen die hängenden Gärten schritt. Die schwarzen Gebäudeblöcke zur Rechten schienen in Schlaf versunken. Zur Linken in der Tiefe schimmerte das Wasser des Königskanals. Allmählich traten die Mauern rechts zurück, und ein Wald dunkler Zypressen trat an ihre Stelle. Bei einer Wendung des Wegs lag das ganze Babylon zu den Füßen Alexanders. Es blitzten die Wasser im grünlichen Licht, weit hinaus flimmerten Lichter, eilten auf und ab wie vom Wind getragen, wie von unsichtbaren Armen entführt. In den Gärten und auf den Feldstücken brannten die Feuer der Soldaten gelbrot wie Roxanes Haar in der Dämmerung ihres Gemachs. Alexander blickte über die unzähligen Dächer, aus denen hier und dort ein Sternenturm aufstieg. Er sah die Tempel ruhig im leuchtenden Mondnebel liegen und die Götter wohnten darin, Amu und Nebo, Ischtar und Ea, Schamasch und Dibbara, Anahita und Zirpanitu, Astarte und Moloch: Götter im Kampf gegen Götter und daneben atemlos lauschend die Nationen, halbgläubig und unentschieden.

Eine Eidechse schlüpfte vorbei, eine Kröte schnellte auf. Trotz der Kühle der Nacht hatte Alexander Begierde nach einem Bad. Er kam in die Parkanlagen, die sich bis ans Euphratufer hinunterdehnten. Zwanzig gewaltige Steinwände trugen diesen Wald von Pinien, Zedern, Palmen, Granatbäumen, Zypressen, Akazien, Lorbeer, Ulmen, Oliven und Pappeln. In den offenen breitschaligen Betten der Leitungen sauste das Wasser grünschäumend von Terrasse zu Terrasse. Die mächtigen Marmor- und Alabasterstufen, die in verschlungener Ordnung zur Tiefe hinabführten, leuchteten glühend im Mond. Aus silbernen Brunnenrohren rann das Wasser friedlich in löwengestützte Steinbecken. Mit Wein und Efeu waren die farbigen Mauern bewachsen, schmeichelnde Vogelstimmen drangen von überallher, der Geruch der kleinen Kamille erfüllte bei dem geringsten Windhauch die Luft mit Süßigkeit. Zauberhaft sahen die Säulen aus, die die Mauern stützten, es war eine Bewegung in den regen Lichtern und mystischen Schatten, die alle toten Dinge lebendig machte.

Alexander schritt die helle Terrasse hinab, und hinter den Wipfeln der Zedern tauchte die Fassade des Palastes empor, sie schien von selbst höher zu werden, und die vielgliedrige Mauer mit ihren vergoldeten Zinnen und Türmchen ähnelte der schimmernden Wand eines Gletschers hoch in den Gebirgen Armeniens.

Mitten in der tiefsten Stille, rings von dichten Lorbeerbüschen umgeben, lag ein Wasserbecken. Fünf Schwäne schwammen mit fantastischer Lautlosigkeit auf dem Spiegel. An der schmalen Krümmung des Teiches stand ein Throngestühl aus schwarzem Marmor, rechts und links zwei junge Lärchenbäumchen wie Wächter. Alexander entkleidete sich. Er nahm den Waffenrock ab und das Kleid, schnürte die Schuhriemen auf und legte alles samt dem Schwert auf den Marmorstuhl. Zuletzt band er das Diadem ab und legte es ebenfalls dorthin, über den Knauf des Schwerts. Völlig nackt, schritt er langsam über die weißen Platten zum Wasser, und langsam, nicht ohne einen Kälteschauder, stieg er hinein.

Es war, als ob das Element nur unwillig seinem Körper wiche, es war als schliefe es. Die schwachen Wellen, die sich erhoben, glitzerten in den Mondstrahlen wie jene Silberstickerei in der Sänfte, als er vom Gastmahl der Babylonier aufgebrochen war.

Die Schwäne flohen in weitem Bogen geräuschlos auseinander. Ihr werdet leben, fuhr es Alexander durch den Kopf. Du wirst leben, sprach er zum Wasser. Der Himmel wird sich wölben, Jahrhunderte, Jahrtausende lang. Der Mond wird sein Angesicht immer wieder herniederbeugen, die Bäume werden ihre Zweige dehnen und Ring auf Ring ansetzen, millionen Mal wird es Tag und Nacht werden, und Tier und Mensch und Gras und Stein und Luft und Feuer, alles ist mit Leben begabt, nur ich allein, – werde ich sterben?

Das Wasser reichte ihm schon bis zur Brust. Die wiedergewachsene Lockenfülle wurde nass. Von unten, von der Stadt her, wurde ein Gesang vernehmbar, dumpf und schwer, fern und traurig gleich dem Linosgesang, mit dem der Grieche die hingegangene Blüte des Jahres beklagt. Es war Babylon, das im Schlummer sprach. Eine rötliche Lohe schlug empor und bedeckte den untern, bräunlich glänzenden Teil des Himmels, färbte die obersten Spitzen der Pappeln. Vielleicht war es eine Feuersbrunst im Kaufmannsviertel, vielleicht vergnügten sich die Soldaten damit, die Erdpechquellen in Brand zu setzen, vielleicht hatte ein zweiter Kondanyo dort sein Flammenbett errichtet, um zu sterben.

Wieder ertönte der Gesang, fern und leer. Die Lohe verblasste. Ihr alle, die ihr singt, werdet leben, dachte Alexander. Er hob den Arm, nahm eine Handvoll Wasser und ließ es herablaufen, dass es wie eine Kette mit Geschmeide im Mondlicht glühte. Er begriff, dass es unmöglich war, dies Unerklärliche, Leben genannt, nach eigenem Willen festzuhalten, wie es unmöglich war, dass seine Finger das Wasser hielten. Keine trostvolle Möglichkeit mehr; vielleicht bevor der Sommer kam, war dieses Herz dahin. Und wozu ausgezogen, Reiche erobert, Männer gemordet, Städte gegründet, Gesetze gegeben, Könige entthront, Freunde verloren, Götter beleidigt, wozu Nächte durchwacht, Pläne gesponnen, wozu Ruhm, wozu Reichtum, wozu Schönheit, wozu Hass und wozu Liebe, warum gelacht und warum geweint, wenn alles dies so war, wie es eben war?

Ihm zerging die Welt, nach der er gestrebt, in diesem geheimnisvollen Augenblick wie dem Ixion die lebendige Gestalt in seinen Armen. Und dennoch strahlte aus dem schwarzen Schlund der Zweck- und Sinnlosigkeit wie ein Diamant das Bewusstsein von der Macht und Kraft des bloßen nackten Daseins, und jeder Atemzug war ein Bürge der Gegenwart und eine Brücke zur Zukunft . . .

Ein Windstoß trieb dürre Blätter auf das Wasser, darunter ein großes Palmblatt, das wie der abgebrochene Flügel eines Geiers aussah. Plötzlich kamen Sklaven mit hocherhobenen Fackeln gelaufen. Ein Aufseher der Gärten hatte den Badenden bemerkt und, vorsichtig näher schleichend, Alexander erkannt. Er stieg gerade aus dem Wasser, als die Sklaven aus dem Gebüsch traten. Von Schrecken gelähmt blieben sie stehen: auf dem marmornen Thronstuhl saß ein Mensch, der das Kleid Alexanders über sein eigenes geworfen hatte und das königliche Diadem um die Stirne trug ...

Alexander selbst stieß einen gellenden Schrei aus. Vor den Stufen des Steinsessels blieb er wie angewurzelt stehen.

Es war Arrhidäus, den er sah, Arrhidäus, der das Diadem trug. Ein verträumtes und heiteres Lächeln bewegte die Lippen des Menschen, während in seinen Augen eine furchtbare, tierische Traurigkeit lag. Der zahnlückige Mund öffnete sich, und Arrhidäus sagte: »Auch ich bin Alexander.«

Elftes Kapitel

Ein Zwiegespräch

Vergeblich hatte Arrhidäus im Palast auf Alexander gewartet. Als die Nacht einbrach, verließ er den prunkvollen Raum, wohin ihn die Sklaven geführt hatten, irrte eine Weile herum, ohne einen Ausgang zu finden und kam endlich in die Gärten. Es war ihm zumute, als wandle er in einer wohlriechenden Wolke; in der wunderlichsten Weise verlor er die Erinnerung an sich selbst, und das Unstete seines Wesens machte einer süßen Ruhe Platz. Er fühlte sich als Herrn des Palastes, ihm gehörten die Gärten, ihm das kauernde Babylon. So sehr vergaß er die Wirklichkeit, dass er über die Befehle nachdachte, die er bei der Rückkehr in den Palast den wartenden Führern geben würde. Ein berauschendes Königsgefühl durchströmte ihn, als er über den Wall und hinunterschaute auf den Euphrat und die Tausende von Arbeitern am Werk sah, die das Bett des Stromes verbreitern mussten. Da wurden Sandwagen geschoben, Ziegel gebrannt, Asphalt geschmolzen, Bretter gesägt, Eisen geglüht und geschmiedet, da knisterten die Feuer, sangen die Zimmerleute zum Schlag der Äxte, brüllten die Aufseher durch ihre Sprachrohre in die Nacht. Er ging weiter zwischen den Hecken und Büschen durch die Baumalleen und über die geschmückten Wege, und sein Schritt wurde immer leichter, seine Bewegungen fürstlicher. Der Zufall führte ihn ans Ufer des Wasserbeckens, wo Alexander badete, und vor den steinernen Sessel, wo das königliche Kleid und Diadem lagen. Lächelnd band er das Diadem um die Stirn und warf den purpurnen Mantel um die Schultern, ohne Zaghaftigkeit, ohne Verwunderung. Er setzte sich auf das Throngestühl. Eine tiefe musikalische Stille erfüllte seinen ganzen Organismus, und glückselig lauschte er in sich selbst hinein. Als Alexander nackt vor ihm stand, erkannte er ihn zunächst nicht, erst die flackernden Fackeln der Sklaven und ihre entsetzten Mienen brachten ihn zur Besinnung.

Nur der Tod konnte diesen Frevel sühnen. Aber Alexander wagte nicht ein solches Urteil zu sprechen. Das Unheil verkündende des Ereignisses suchte er zu verwischen und lächerlich zu machen, er wollte ihm den Schein der Wichtigkeit rauben und gab den Befehl, Arrhidäus wie einen Sklaven auszupeitschen. Arrhidäus nötigte den Vollziehern der Strafe Bewunderung ab durch die heldenhafte Art, wie er die Schmerzen ertrug. Während seine Haut von den Geiselhieben zerrissen wurde, drang kein Laut aus den fest verpressten Lippen, und der Ausdruck seiner Augen flößte Schrecken ein: es war die Begeisterung des Wahnsinns darin, ein schwüles, fanatisches, tolles Feuer des Wunsches. Perdikkas, der zugegen war, ließ die Folter beenden. In seinem Erbarmen um den Bastard Philipps von Makedonien lag ein letzter Funke rührender Anhänglichkeit an den früheren Herrn.

Mit wundervollen Tagen war der Frühling eingebrochen. Alles stand in Blüte. Die Gärten waren mit rotem Mohn bedeckt, an den Mauern klomm die blaue Winde. Die Frauen trugen kupferne Gefäße vollgepackt mit Rosen in die Tempelvorhallen. Jeder Tag war ein ununterbrochenes Fest. Alle wollten die Zeit der Freude nutzen, die ihnen Babylon noch gab, denn nach Hephaistions Leichenfeier sollte der Aufbruch des Heeres stattfinden. Das Blut in allen Adern brannte von Begierden, in blindem Taumel durchstürmten sie die Stunden, ungern überließen sie sich dem Schlaf, von Ausschweifungen erschöpft, kamen sie zu den militärischen Übungen. Sie schauderten im stillen vor den kommenden Entbehrungen der Kriegszüge und empfanden eher Befriedigung denn Sorge, als sich die Nachricht verbreitete, Alexander sei erkrankt, er habe sich bei einem nächtlichen Bad erkältet.

Am Tage der Leichenfeier waren die Straßen in der Umgebung des Sonnentors von dichten Menschenmassen belagert. Viele hatten sich seit der vorhergehenden Nacht auf den Zinnen und Dächern der Nähe niedergelassen. Die von den Frühjahrswassern hochgeschwollenen Kanäle wimmelten von Fahrzeugen aller Art. Das sonore Rauschen der zahllosen Stimmen klang, als ob gewaltige Metallsaiten von einem Ende des Horizonts zum andern ausgespannt seien und der Wind spiele in ihnen mit mächtiger Hand. Das Geschmeide der Männer und Weiber blitzte in der scheidenden Sonne, die Metallhelme der Söldner sahen aus wie Kristalle, und ihre Schuppenpanzer schimmerten silbern und golden.

Ein Murmeln des Erstaunens erhob sich in der Ferne, kam näher und schwoll an wie ein Gesang, als der Wagen nahte, der den Leichnam enthielt. Er hatte vier Deichseln, an jeder waren vier Joche, und vierundsechzig Maultiere zogen ihn, jedes mit einem vergoldeten Kranz geschmückt, an jedem Backen eine goldene Schelle und um den Hals eine Kette von Halbedelsteinen. Goldene Löwen standen am Eingang des Wagens um den Katafalk und schauten mit majestätischer Kopfbewegung auf den Sarg zurück. Der gewölbte Baldachin wurde von silbernen Säulen getragen, zwischen denen ein goldenes Netz mit fingerdicken Fäden lief.

Dem Zug ritt Perdikkas voran. Sein Gesicht zeigte eine finstere Versonnenheit. Er fürchtete nicht mehr die Entdeckung seiner Tat. Er wusste, dass der Dampf der Lüste Babylons die Sinne jener mitschuldigen Söldner in eine Raserei versetzt hatte, in der sie ihr ganzes früheres Leben vergaßen; mit teuflischer Berechnung hatte er ihre Quartiere rings um den Tempelhain der schauerlichen Astarte verlegt. Das Geschehene glich einem Traum; Gebeine sind Gebeine; wer konnte einen verbrannten Körper mit Namen nennen?

Doch die Lüge an seinem Herrn brannte wie Feuer. Was er vollbracht, zeigte ihm die Zustände dieser Welt in absonderlicher Schalheit, ernüchterte seinen Geist, verhärtete sein Herz.

Fanfaren meldeten die Ankunft Alexanders. Wenn der erste Stern am verdunkelten Himmel aufleuchtete, sollte der Fackelbrand geworfen werden. Aber noch immer schwammen rosige Wölkchen über die graublaue Wölbung, wurden wie von unsichtbaren Armen höher gehoben, um sich aufzulösen im rosigen Licht. Aus der Ferne schallte das dröhnende Gebrüll der Stiere, die zum Blutopfer bestimmt waren; bisweilen schrien sie im Chor, es klang wie Meeresbrandung.

Dem Rat der Ärzte zuwider hatte Alexander den Palast verlassen. Es fror ihn ein wenig, und er verlangte einen wärmeren Mantel. Dann schritt er gegen das Eingangstor des gigantischen Scheiterhaufenbaues.

Der Unterbau aus Backsteinen enthielt sechsunddreißig Gemächer, die mit wohlriechenden Kräutern, mit Weihrauchwerk, Sandelholz, Granatholz oder Aloe gefüllt waren, lauter leicht entzündlichen Stoffen. Auf dieser Plattform erhoben sich bis zur Höhe von hundertundfünfzig Ellen fünf würfelartige Stockwerke, in Terrassenform zurückweichend, aus Palmstämmen erbaut. Jedes Stockwerk war mit Bildnereien verziert und leuchtend bunten Draperien verkleidet. Zu unterst waren zweihundertundvierzig vergoldete Schiffsschnäbel angebracht, sechzig auf jeder Seite, und auf ihren Ruderbänken kniete je ein Bogenschütze und stand ein geharnischter Reiter, ganz aus Silber, fünf Ellen hoch. Die Zwischenräume waren mit zottigen Purpurvorhängen bedeckt. Das zweite Stockwerk war mit lauter langen goldenen Fackeln geschmückt, am Handgriff hingen goldne Kränze, und anstelle der Flamme senkte sich mit ausgebreiteten Flügeln ein goldener Adler gegen einen Drachen herab, der den Stiel umklammerte. Der dritte Umkreis war mit gestickten Geweben verhängt, die einen Fries von Jagden bildeten, der vierte zeigte einen Kentaurenkampf, der fünfte trug eine sich fünfzigmal wiederholende Gruppe: ein Löwe im Kampf mit einem Stier.

Als der Sarg mit der Leiche in das Innere des Gebäudes gebracht war, ließ sich Alexander eine Fackel reichen und ging hinein. Eine jähe Stille umfing ihn. Von oben durch die Fugen zwischen dem Gebälk tropfte rotes Sonnenlicht herab. Er wandte sich zu der hölzernen Treppe, die emporführte, da sah er eine menschliche Gestalt, aufrecht an einem Pfosten lehnend. Ein drückendes Gefühl der Unentrinnbarkeit umfing Alexander wie Dunst, als er Arrhidäus erkannte.

»Verzeihe meine Gegenwart, Alexander,« flüsterte Arrhidäus, »aber mir ist wohl in Gräbern. Ich liebe die Toten.«

Alexander schritt vorbei und erwiderte nichts. Er stieg einige Stufen aufwärts, dann wandte er sich um. »Sind denn die Wunden schon geheilt, die du von der Peitsche hast?« fragte er.

Arrhidäus seufzte. »Diese Wunden sind Wunden des Fleisches, sie sind leichter zu ertragen als die Deinigen, Alexander,« entgegnete er.

Alexander starrte ihn an.

»Ich kenne deine Qual, Alexander,« fuhr Arrhidäus mit gedämpfter Stimme fort.

Wieder wandte sich Alexander ab, wieder schritt er einige Stufen empor, wieder kehrte er sich um. Arrhidäus war ihm gefolgt.

»Wie einsam ist es hier,« sagte Arrhidäus, noch immer schüchtern und demütig. »Ringsum ist alles dem Tod verfallen. Wunderbar ist es zu leben.«

Alexander sah in dies Gesicht, das zugleich knabenhaft und greisenhaft war, in diese hageren und doch verschwommenen Züge, in dieses Auge, halb sanft und zärtlich, halb verzückt und ekstatisch, und er glaubte, den Affen der Trauer, den Affen der Würde, den Affen der Weisheit zu sehen. Etwas zog ihm das Herz zusammen.

»Schon lange hat es mich gedrängt, mit dir zu sprechen,« begann Arrhidäus von Neuem, und der Klang seiner Stimme war weiblich schmeichelnd. »Ich bin übers Meer gefahren, habe keine Demütigung gescheut, die Not hat mich nicht entmutigt, mein Inneres hat nach dir verlangt. Du hast mich beleidigt, geschlagen, erniedrigt, und ich bin ein Mensch.«

»Beredt bist du,« höhnte Alexander, »du bist beredter als ein Tafelschwätzer. Schwerter sind nichts gegen deine Zunge.«

»Ich kenne deine Qual, Alexander; ich kenne nicht deine Schuld, aber ich kenne deine Qual.«

Sie standen auf der zweiten Plattform, die mit makedonischen Waffen bedeckt war. Ein säuselnder Wind blies in die Flamme der Fackel, die Alexander hielt.

»Mit deiner Fackel wirst du den Brand entfachen,« sagte Arrhidäus klagenden Tons, »was du berührst, muss zu Asche werden. Das Lebendige ist dir nichts, und was sind dir die Toten? Tausende unseres Volkes sind verblutet und keiner weiß, wo sie ruhen. Warum solches Gepränge um einen einzelnen Mann? Was liegt dir an ihm? was liegt dir am Einzelnen? Willst du dein vergessliches Herz aufrütteln? O sprich wahr, Mund! Und wenn dich der Tod dafür schließen müsste.«

Der Zorn regte sich in Alexander, lähmte ihm aber wie nie zuvor den Arm. »Was heftest du dich an mich, was folgst du mir, drängst dich an mich?« grollte er.

Sie stiegen die vierte Treppe empor.

»Die bauen hoch, die die Erde fürchten. Ich kenne deine Qual, Alexander. Ich kenne den asiatischen Schmerz.«

»Du Sohn einer Hure, einer gichtbrüchigen Hure!«

»Du bist verraten, Alexander.«

»Ich wäre verraten? wer hätte mich verraten?«

»Ja wer hätte dich verraten? Wer hätte dich nicht verraten!«

»Fort mit dir, fort!« schrie Alexander.

»O Alexander, mächtigster Mensch auf Erden!«

»Schmeichelst du nun?«

»Du verlassenster Mensch, Alexander. Kein Herz schlägt für dich, alle zittern nur für dich. Allein stehst du der Finsternis gegenüber. Ich kenne deine Qual.«

»Fort! fort! fort!« schrie Alexander außer sich.

»Warum hast du mir das Diadem von den Haaren gerissen, mein Bruder? Warum hast du mich blutig schlagen lassen? Erkenne mich doch. Sieh mich an. Dir bangt nach mir. Dir bangt nach dem Menschen. Sieh mich an, auch ich bin Alexander.«

Sie standen auf der letzten Terrasse des Baues. Riesenhafte Sirenen waren hier aufgestellt, und in ihrem hohlen Innern waren die Sänger verborgen, die jetzt das Totenlied sangen. Es waren schwirrende, helle, lang gezogene Töne, als ob weit draußen in der Ebene eherne Glocken angeschlagen würden. Dann schwoll es an, die Stimmen wurden tiefer, sammelten sich zum Chor, flossen wieder auseinander, als suchte jede einzelne trostlos irrend ein Ziel zu erreichen, setzten aufs neue gemeinsam ein, brachen in einem klagenden Schrei wieder ab, um endlich den ganzen Schmerz zu finden, den die Gesichte des Todes den Lebendigen einflößen. Die Babylonier drüben auf den Wällen und Mauern verhüllten ihr Haupt.

An einer eisernen Klammer in der Mitte war durch einen Strick ein Adler festgebunden. Mit blitzenden Augen und ausgebreiteten Flügeln erhob sich das Tier und flog, so weit es die Fessel erlaubte, gegen Arrhidäus zu, der einen Jubelruf ausstieß. Alexander, besinnungslos vor Wut, schwang die Fackel und warf sie gegen das Gesicht des Menschen. Sie fiel nieder, und Arrhidäus war verschwunden, wie vom Boden eingeschluckt. Aus der Tiefe schallte ein dumpfes Gelächter.

Über dem Stufenturm des Ramatempels funkelte der erste Stern wie ein vom Schlaf erwachtes Auge.

Alexander blickte sinnverwirrt hinaus ins Weite. Sein Körper wurde innen und außen von einer eisigen Kälte überzogen. Sein Gesicht wurde fahl. Das ungeheuer Wahre, das unleugbar Selbstverständliche des Lebens durchdrang und erschütterte sein Gemüt wie niemals vorher eine Empfindung. Zugleich war es ihm, als ob seine Seele von den Schauern des Körpers mitgriffen wäre und sich aus ihrem Haus zu befreien strebte wie dort der Adler, der an seinem Strick zerrte und verzweifelt mit den Flügeln schlug.

Er ging hinab und gebot, das Feuer zu entzünden. Die Sänger verließen den Bauch der Sirenen und bald darauf schlug eine schmale lanzengerade Feuersäule durch alle fünf Stockwerke empor. Die trockenen Balken krachten, in allen Winkeln des riesigen Baues knisterte, surrte, sauste, knatterte es, und oft klang es wie die lustigen Stimmen von Zechern und oft wie Hilferufe von Kinderstimmen. Höher kochte die Flamme. Die goldnen Schiffsschnäbel bogen sich, die Ruderknechte und Geharnischten aus Silber sanken wie sterbend zusammen, die gekräuselten Draperien flammten auf, ein Meer von Funken durchstob die Luft und glich einer abenteuerlichen, beweglichen Stickerei, leuchtend durch das Dunkel der Nacht zum schwarzblauen Himmel flatternd. Die zahllosen Gesichter rings schienen mit Blut überströmt, die Augen schimmerten feucht und rot.

Perdikkas wurde zu Alexander gerufen. Er ging mit bleischweren Füßen. Charippos brennt, tobte es in seinem Hirn, Charippos brennt. Ihn durchblitzte eine Ahnung der Zukunft, in der nichts anderes nötig war als, das Schwert in der steinharten Faust, alles niederzustoßen, was sich auf dem Lügenweg hindernd erhob.

Alexander hatte die Hände über das Gesicht gelegt. Er erinnerte sich nicht mehr, weshalb er nach Perdikkas verlangt hatte.

Da erscholl eine gellende Stimme aus den Flammen. Alle blickten empor. Es war der Adler. Das Feuer hatte seine Strickfessel zerrissen, und nun hob er sich mit einem hässlichen Geschrei in die Lüfte, von zwei Flammengabeln ohnmächtig verfolgt.

Der Kreis der Söldner, der Opfernden und Wachen wich vor der beständig wachsenden Hitze zurück. Der Backsteinunterbau stand in Weißglut; aus den verbrannten Spezereien in seinem Innern entwickelten sich Dämpfe von betäubendem Wohlgeruch. Glühende Fäden durchwirbelten die Luft; die Masse der nach allen Seiten spritzenden, wie aus einem Vulkan heraufgespienen Funken blendete jedes Auge. Krachend stürzten die Balken aufeinander. Das geschmolzene Metall rann mit sausendem Geprassel durch die Flammen. Deutlich unterschied sich das dunkelströmende Gold von dem alabasterartig weißen Silber, das schwer fließende Blei von den braungelben Bächen der geschmolzenen Waffen. Die Sirenen wankten. Lang gezogene Klagelaute wurden vernehmbar, die erhitzte Luft drang tönend durch die Öffnungen. Feurige Flocken flatterten wie brennende Vögel gegen das Firmament. Die Stiere, von denen immer neue Scharen zum Opfertod geführt wurden, brüllten schwermütig. Ihr unaufhörlich fließendes Blut siedete zu purpurnen Wolken auf, wenn das herabschießende Metall hineinfloss. Auf die erkaltenden Massen lauerten die Griechen, sie glaubten an eine Mischung von Blut und Gold, die in ihren Augen Zauberkraft besaß.

Der Himmel war von einem Flammenband besäumt. Schwere Rauchwolken bedeckten wie Sturm die menscherfüllten Straßen, die Speerspitzen der Söldner leuchteten wie Lampen.

Von seiner Unruhe getrieben, wollte Perdikkas noch einmal zu Alexander. Da hieß es, Alexander habe das Opfermahl nicht abgewartet, er sei plötzlich in den Palast zurückgetragen worden. Die Makedonier waren enttäuscht und erschrocken. Perdikkas wurde mit Fragen bestürmt. Er blieb stumm. Unter den halb gesenkten Lidern schaute er mit schiefem trübem Blick zu Boden und machte eine Handbewegung, als ob er Fliegen von sich abwehre.

Ein Krach ertönte. Die zwei obersten brennenden Stockwerke stürzten in das Innere des Flammenschlundes. Feurige Scheite flogen im ganzen Umkreis nieder. Ein Soldat rannte schreiend mit brennendem Gewand, eine lebendige Fackel, auf und ab.

Zwölftes Kapitel

Der Ring

Alexander schlief. Sein Gesicht war weiß wie Wasserschaum. Bald zog es ihn tiefer herab in den Bereich des Schlafes und Traumes, bald riss es ihn wieder hinauf an die Grenze des Wachens. Der Anblick selbst des unheimlichsten Bildes wäre Trost gewesen im Vergleich mit dieser dunklen Qual. Er schlug die Augen auf. Ringsum standen die Freunde. Er sah farblose Gesichter, undeutlich durch den vorübergleitenden Nebel des Schlafes. Er spürte die Beängstigung dieser Menschen. Niemals war er bei einem Gelage eingeschlafen. Kopf an Kopf standen sie gedrängt und waren so still, dass man das Gurren der Tauben vernahm, die auf den Gesimsen der offenen Bögen saßen.

Wie in unermesslicher Ferne sah Alexander im Säulengang die vorbeigehenden Sklaven; sie trugen gebratene Lämmer, lange Stöcke, an denen gebackene Heuschrecken aufgereiht waren, Töpfe voll duftender Brühe, Büschel reifer Datteln und Körbe, die mit Birnen, Granatäpfeln und Weintrauben gefüllt waren. Die Baumzweige rauschten in ihren Händen, mit denen sie die Insekten abhielten.

Mechanisch griff Alexander an den Nacken, an dem er eine herabziehende Schwere spürte. Er wollte sich erheben, da fühlte er einen so durchbohrenden, unerträglichen Schmerz, als hätte ihn eine Lanze mit aller Gewalt in den Rücken getroffen.

Er schrie laut und lang. Vor seinen Augen wurde es von Neuem Nacht, er tastete und schlürfte mit den Füßen auf der Erde herum. Eumenes war mit einem Sprung bei ihm, zwei, drei andere packten ihn ebenfalls, unter der Wandelhalle stürzten die Eunuchen in die Knie und klatschten wehklagend auf ihre Brüste.

Es wurde Abend. Kalte Luft wehte von den Gärten herein. Der graue Kiebitz schrie. Eumenes, Perdikkas und Seleukos führten Alexander in das Schlafgemach, wo sie ihn entkleideten und hinbetteten. Er lag und lag und wälzte sich umher. Er warf die Kissen fort und verlangte sie wieder. Er rief die Wachen, die Ärzte herein und trieb sie, angewidert von ihren ängstlichen, fragenden Gesichtern, wieder hinaus. Er begehrte Wein zu trinken, und als er den vollen Becher hielt, ekelte ihn und er schüttete den Inhalt auf den Boden. Er ließ einen Schreiber kommen und diktierte einen Blutbefehl gegen sämtliche Chaldäer, und als er Namen und Siegel darunter gesetzt hatte, zerriss er ihn wieder. Um Mitternacht nahm er ein Bad. Frierend stieg er in das laue Wasser, fiebernd verließ er es. Dann saß ein Knabe an seinem Lager, der ihm vorlesen sollte. Anstatt zuzuhören, starrte er in das Gesicht des Jünglings, und es war ihm, als sehe er die Flamme des Lebens darin zucken, als töne der melodische Gesang des Lebens aus dem sprechenden Mund. Er legte die Hand auf den Kopf des Knaben und wühlte mit den Fingern in den Lockenhaaren, liebkosend, Liebe suchend. Die rechte Hand drückte er auf die Brust, und die groß aufgerissenen Augen hatten einen Ausdruck jammervoller Furcht. In einem Kerker glaubte er zu sein, dessen Wände sich langsam um ihn verengerten und niemand hörte seine Rufe, die ganze Welt war still. Er sprang auf und ging umher und murmelte vor sich hin und trat hinaus in die Halle und sah am Himmel den Mond, dessen untergehendes Viertel wie eine goldene Barke in die Weltenruhe hinab schwamm.

Und der Tag kam, einer von denen, wie sie nur dort am Euphrat erscheinen; die Wolken hängen unbeweglicher als Blei unter dem schwülen Himmel, die Vögel wagen nicht mehr zu fliegen und zu singen, die Bäume regen kein Blatt, alle Wasser sind schwarz wie Pech und glatt wie Seide, in einem Zustand zwischen Schlaf und Wachen liegen schwer atmend die Menschen in ihren Häusern, ahnungsvoll erwarten sie das Ungeheure: plötzlich tost der Wirbelwind aus den Wüsten Arabiens her, die Lüfte heulen, die Bäume brechen wie Hölzchen, Flüsse und Kanäle schäumen, das Firmament scheint sich vor Qual zu winden, die Natur ist in ihren Tiefen aufgestört.

Er ging an den Wachen vorbei über die Steinfließen. Seine Füße waren bloß; er trug ein Nachtgewand aus blauer sogdianischer Seide. Er ging wie im Traum. Es war, als riefe ihn eine Stimme und er wisse nicht woher. Er kam zum Saal der grünen Schlange, wo die Statue Hephaistions aufgestellt war. Sie stand in der Mitte des Raumes, rötlich überhaucht vom Frühlicht.

Der nackte Marmorkörper war von der Schlankheit eines jungen Baumes. Der rechte Fuß war etwas erhoben, und die Ferse berührte einen rückwärts angelehnten Schild. Der linke Unterarm war in den Nacken gelegt und die dadurch entstehende Spannung über der Brust gab einen überwältigenden Eindruck ruhiger Kraft. Das emporgerichtete Gesicht war von einer verwunderungsvollen Freudigkeit erfüllt, wie wenn ein Wanderer den besten Weg soeben erkannt hat. Eine leise sinnliche Schwärmerei lag um die Lippen, etwas wie tiefe Befriedigung über den Anblick der Dinge oder Entzücken über den Wohlgeruch von Blumen. Die Augen hatten eine erstaunliche Wahrheit des Lebens, eine hinreißende Macht der Fantasie.

Aber Alexander erschien es wie eine Lüge. Ihm graute vor dieser Schönheit, vor diesem Frieden, vor dieser Freude. Lüge das strahlende Auge, denn die Zeit wird es brechen. Lüge der schreitende Fuß, denn der Tod wird ihn erstarren machen, Lüge die von Hoffnungen geschwellte Brust, denn im Grab muss sie verfaulen oder im Feuer versengen, Lüge der kündende Geist auf der Stirn, denn er hat nichts zu sagen, er weiß keine Rettung, er kann die Kerkertür nicht öffnen, er hat keinen Trost, der Anfang ist ihm verborgen, das Ende bedenkt er nicht. Nur eine grinsende Fratze starrte Alexander statt der Marmorschönheit entgegen.

Er ließ sich in die Gärten tragen. Er versuchte zu gehen, doch taumelnd fiel er den Ärzten in die Arme. Man gab ihm Sylphions-Saft zu trinken und rieb seine Brust mit Salben ein. Dann trugen sie ihn in den Platanenwald, aber zu dunkel war der Schatten, zu feierlich das Schweigen, und Alexander drängte fort. Zwischen Azaleengebüsch trat eine Gazelle heraus und schaute feuchtäugig herüber.

Alexander schob die Decken von seinem Körper und warf sie zur Erde. Seine Haut war über und über nass. Man legte ihm ein in kaltes Wasser getauchtes Tuch um die Schläfen und machte zur Kühlung des Herzens einen Umschlag aus Kalbsgalle und Vogelgalle. Und seiner rasenden Unruhe gehorchend, trugen sie ihn von Terrasse zu Terrasse, an den Wohnungen der heiligen Schlangen vorbei, an den Opferaltären vorüber. Es wurde Nacht. Die Dämonenbeschwörer drängten sich heran. Alexander wollte opfern. Eumenes hielt das Becken und bemerkte, wie Alexanders Hände zitterten, als er sie ins Wasser tauchte. Da stürzte er auf die Knie und verbarg sein Gesicht in den Falten der Lagerdecke. Er schluchzte laut.

Unwillig und verwundert stieß ihn Alexander weg. Eumenes erhob sich. Sein sonst so fester Blick war wie entzweigebrochen. Er bat, sich entfernen zu dürfen und ging in den Hof des Palastes, wo trotz der abendlichen Stunde die Führer versammelt waren. Es wehte ein schwüler sturmartiger Wind, der den Staub hoch emporwirbelte. Von der Straße her vernahm man die Gesänge der Priester. Das Feuer in den Pechpfannen loderte schräg gegen die Mauern, und die gewaltigen Flügelstiere unter der Pforte, deren Menschengesichter in unerforschlicher Bosheit leuchteten, waren von einem Kranz schwarzen Rauches umhüllt.

Die meisten Makedonier waren nicht imstande zu sprechen. Einige lagen regungslos auf Marmorbänken, das Gesicht nach unten. Die Führer der Edelscharen standen schweigend beisammen und blickten in die von wenigen Fackeln erhellte Torhalle. Von Zeit zu Zeit wurden Sklaven in den Palast geschickt oder einer der Hauptleute ging selbst. Es hieß, Alexander schlafe und habe mit Appetit gegessen. Eine Stunde später klangen die Berichte nicht mehr so harmlos. Vor den Mauern des Palastes sammelten sich die Söldner.

Unter einem schmalen Säulengang wanderten Perdikkas und Eumenes auf und ab. Ihre sorgenvollen Worte waren wie Gewürm, das aus unterirdischen Höhlungen kriecht, so scheu, so vorsichtig, so geschickt, sich nicht zu verraten. »Den Fall gesetzt, dass das Unheilvollste geschieht,« so drückte sich Perdikkas aus, »wer soll das Diadem tragen?«

»Roxane ist schwanger,« murmelte Eumenes.

Perdikkas zuckte die Achseln. Noch vor Mitternacht wusste er Andere in seine Besorgnisse zu ziehen. Es war notwendig zu handeln. Sie kamen überein, Alexander zu bitten, dass er die Nachfolge bestimmen solle. Perdikkas, Eumenes und Seleukos wurden mit der schwierigen Sendung betraut.

Als der Morgen kam, ließen sie sich durch den Obersten der Wachen anmelden. Dieser ging, als er zurückkam, riet er zu warten; Alexander liege zwar mit offenen Augen, doch sehe er nicht und höre er nicht.

Erregt ging Perdikkas auf und ab. Eumenes blickte mit verschränkten Armen vor sich nieder. Wie ein Gifthauch der Feindseligkeit wehte es um die drei.

»Ich gehe allein,« entschied Perdikkas endlich, indem er mit einem Ruck stehen blieb und die Hände um den Schwertknauf klammerte. »Was zu sagen ist, kann einer am besten sagen. Du, Eumenes, bist Grieche, stehst unsern Angelegenheiten fern, Seleukos ist ohnehin kein Redner. Ich allein muss gehen.«

Er warf den Kopf zurück, und seine Backen vibrierten krampfhaft. Das bräunliche Gesicht sah aus, als ob es mitten im Wahnsinn erstarrt wäre. Er ging.

Eumenes hinderte den entrüsteten Seleukos, Perdikkas zu folgen. »Es nützt nichts,« knirschte er, »in dieser Stunde ist unser Untergang beschlossen. Perdikkas wird den Fuß auf Alexanders Leiche setzen, um Platz für sich zu schaffen. Aber er vergisst, dass dort, wo Alexander stand, nur noch Raum für den Tod ist.«

Als Perdikkas in das Schlafgemach trat, lag Alexander auf dem Rücken und seine Augen waren weit geöffnet. Scharf hob sich das weiße Gesicht von den dunkel hängenden Haaren ab. Der Mund schien unhörbare Worte zu reden. Ich lasse dich nicht, schien er zu sagen, ich lasse dich nicht; gib mir den Becher leer zu trinken, den du vollgefüllt hast, denn ich lasse dich nicht; eröffne dich mir, unnennbares Wesen, unbekannter Gott, ich lasse dich nicht.

Das Gemach glich dem Innern eines Würfels; in einem Rundnischenausbau war Alexanders Lager. Der Fußboden war von einem fünffingerdicken, blutroten Teppich bedeckt. Auf einem mit Edelsteinen eingelegten Marmortisch neben dem Bett standen Arzneigefäße, eine silberne Platte mit frischen Feigen und Astragalen zum Spiel.

Perdikkas trat näher. Das Geräusch der Schritte wurde vom Teppich aufgesaugt. »Du weißt, Alexander,« begann er leise mit seiner metallischen Stimme, »wie wir dich alle lieben, mehr als Söhne einen Vater lieben können. Aber die Sorge um dich macht uns verzagt. Raube wenigstens einem einzigen unserer bösen Träume Nahrung und Kraft, Alexander. Ewige Dauer ist dir ja nicht beschieden, deine Mutter ist sterblich geboren. Alle, die für dein Leben zittern, reden durch mich. In ihrem Namen steh ich hier und frage dich, wer nach dir befehlen soll.«

Es schien, als habe Alexander nichts gehört, er lag genau so regungslos wie vorher. Darauf war Perdikkas nicht vorbereitet. Er fürchtete dieses Schweigen wie eine finstere Nacht in den Tälern des Hämon. Er wagte nicht vorwärtszugehen, und wagte nicht das Zimmer zu verlassen.

Da kehrte ihm Alexander mit jäher Wendung das Gesicht zu und heftete einen rätselhaften flammenden Blick auf ihn. Langsam zog er seinen Siegelring vom Daumen und reichte ihn Perdikkas mit weit ausgestrecktem Arm.

Über und über erbebend, nahm Perdikkas den Ring. Das war mehr, als er erwartet hatte. Die Stirn des Mannes zitterte, wie das Leder eines Schildes zittert, wenn ihn der sausende Pfeil durchbohrt. Stumm kniete er an dem Lager nieder, um den Saum der Byssosdecke zu küssen, die Alexanders Körper umhüllte, stumm wollte er sich hierauf entfernen.

Alexander schnellte empor. »Perdikkas!« schrie er.

Bestürzt wandte sich Perdikkas um.

»Du denkst also wirklich, dass ich sterben werde?« fragte Alexander mit einer hohlen, heiseren, angstgepressten Stimme.

Perdikkas machte eine beschwörende Bewegung.

»Warum hast du dann den Ring genommen?« fragte Alexander weiter, indem er sich höher aufrichtete und die Haare zurückschüttelte wie ein herannahender Löwe.

Perdikkas schwieg.

»Ich bin zweiunddreißig Jahre alt,« fuhr Alexander fort, und sein Gesicht verzerrte sich medusenhaft, »ist es da schon Zeit zu sterben? Wie alt bist du? vierundsechzig, also doppelt so viel, denkst du etwa daran zu sterben? Riecht ihr denn schon das Aas, ihr makedonischen Geier, geht es euch nicht schnell genug? Wollt ihr den Stuhl zerbrechen, auf dem ich sitze? Hab ich euch das Haus gebaut und das Bett gerichtet und verliert ihr nun die Geduld zu warten, bis der Baumeister seiner Wege geht? Alexander, Alexander, verlassenster Mensch auf Erden!« Keuchend, aufstöhnend, fiel er aufs Lager zurück und bedeckte das Gesicht mit den Händen.

Perdikkas schwieg.

Da hob sich Alexanders Brust, der Leib bäumte sich, wie der Wüstenglutwind kam das Fieber. Perdikkas schrie die Wachen herein. Diese holten die Ärzte, und in jedem Gesicht lag, klar bis zur Schamlosigkeit, die Erwartung des Todes. Alle Dinge sprachen vom Tod. Aufgereckt schritt er, der königliche Tod, durch die Palasthallen und Höfe, und die weit gebauschte Schleppe seines Mantels schleifte lautlos über die Marmorfließen. Man sah schwarze Vögel aus dem Schoß feurig geränderter Wolken sinken, und sie flogen ratlos hin und her, als ob sie eine Zuflucht suchten. Es wandte sich die Zeit zurück, ja, sie stand stille, um ihre Toten noch einmal zu überzählen. Das Bild der Sonne zeigte einen Zug der Verwesung. Es erhoben sich die Schatten aller Jung gestorbenen, an denen sich das Schicksal nicht so erfüllt hatte, wie ihr fromm stürmendes Herz gewollt. Kinder spielten arglos in einer Straße, wo man einen Mörder verfolgte. Ein Schleier und Druck von Müdigkeit breitete sich über die Länder.

Fünf Stunden lang lag Alexander bewusstlos. Als er erwachte, riss er die nassen Tücher ab, mit denen seine Stirn umwunden war. »Wo ist Perdikkas?« fragte er sogleich. Niemand hatte Perdikkas gesehen. War es nur ein Schrecktraum? fuhr es Alexander durch den Kopf, und er betrachtete seine Hand. Der Ring war nicht mehr da. »Wo ist Perdikkas?« wiederholte er angstvoll. Er erhob sich, lief zu den Türen und rief nach Perdikkas. Kämmerer, Schreiber und Aufseher rannten herzu. Boten verließen den Palast in größter Eile. Indessen befahl Alexander, dass man ihn ankleide. Die Diener zögerten erstaunt. Entfesselt griff er nach dem Schwert, um die Ungehorsamen niederzustechen. Sie brachten das persische Kleid, er wollte das makedonische. Die Boten kamen mit der Nachricht zurück, Perdikkas sei nicht zu finden. »Verraten! Verraten!« stöhnte Alexander. Seine Sinne umdunkelten sich. Fliegende Hitze lähmte jede Bewegung. Perdikkas ist zum Gelage des Larissäers Medios, hieß es plötzlich. »Zu Medios! Zu Medios!« lallte Alexander. Er wollte fort, nach wenigen Schritten wankte er und drohte zu fallen. Man legte ihn auf ein Tragbett, und so verließ er den Palast.

Dieser Medios war erst vor einigen Tagen in Babylon angekommen. Sein Reichtum, sein Geist und seine Heiterkeit hatten ihn schnell zum Liebling der Makedonier gemacht. Er wohnte in einem palastähnlichen Kaufmannshaus am Sternenkanal. Eine zahlreiche Gesellschaft hatte sich bei ihm versammelt. Sie waren nicht in der glücklichsten Laune. Stundenlang warteten sie schon auf Perdikkas, um zu erfahren, was er mit Alexander gesprochen und wie seine Bitte aufgenommen worden. Eumenes und Seleukos hatten sie sehr beunruhigt.

Es war schon Abend, da kam ein Mann, verlangte Medios zu sprechen, wurde in den Saal geführt und übergab dem Larissäer einen versiegelten Brief. Medios las, die Umsitzenden verfolgten gespannt das Hin- und Herlaufen seiner Blicke auf den Zeilen. Sie sahen ihn erbleichen, er biss die Zähne in die Lippen, schlug die Hand vor die Stirn, ballte den Papyrus zusammen und warf ihn in die Flamme des Feuerbeckens.

»Was ist es? was ist geschehen? sprich, Medios!« so riefen die Stimmen durcheinander. Die Männer sprangen auf, Verwirrung und Ängstlichkeit malte sich auf den Gesichtern.

Eumenes war zu Medios getreten. »Perdikkas schreibt dir?« fragte er ruhig und ernst, mit einer Miene, als sei ihm alles, was geschah, längst durch Ahnung vertraut. Medios erwiderte nichts. Sein schönes Gesicht, dem man eine seltsame Ähnlichkeit mit dem des großen Perikles zuerkannte, wurde immer fahler. Auf einmal stürzten die Sklaven aufgeregt herein und riefen: »Der König kommt!«

Die Gäste drängten zur Türe. In der Erregung fielen Becher zu Boden und wurden Fackeln ausgelöscht. Als Alexander hereingetragen wurde, konnten viele Makedonier ihrer Erschütterung nicht Herr werden. Sie drückten sich gegen die Wände und lehnten die Stirn an die Mauer. Eine unendliche, unbestimmbare, selbstsüchtige Angst schnürte ihnen das Herz zusammen.

Medios ging Alexander begrüßend entgegen. Er hob die Hände ein wenig empor. Man sah an gewissen Zuckungen des Körpers, dass Alexander Schmerzen litt. Sein Gesicht war bleigrau und überzog sich bisweilen mit hektischer Röte. Seine Augen forschten in dem Gedränge der makedonischen Edlen, liefen von Gesicht zu Gesicht und fanden dasjenige nicht, das sie suchten.

»Wo ist Perdikkas?« fragte er mit erstickter Stimme.

Medios senkte den Kopf, er zitterte an Armen und Beinen.

»Wo? wo?« drängte Alexander und richtete sich mühselig auf.

Weinend stürzte Medios auf die Knie und legte den Kopf auf den Rand des Tragbettes. Ein banges, furchtbares Schweigen entstand.

»Sprich, Verdammter!« brach Alexander aus und packte Medios mit beiden Händen in den Haaren.

Medios erhob sich. Er war wachsgelb. »Perdikkas ist nach Borsippa geflohen,« flüsterte er.

»Nach Borsippa?« Alexander beugte sich gierig vor, um besser zu hören.

»Er ist zu den Chaldäern nach Borsippa gegangen, mein Alexander,« sagte Medios, die Finger an die Wangen gelegt und stumpf vor sich hinblickend. »Er erwartet dort –«

Und alle wussten, was Perdikkas hinter den siebenfachen Mauern von Borsippa erwartete. Nur Alexander schien es noch nicht zu begreifen. Er schüttelte verwundert und besinnend den Kopf. »Was erwartet er?« fragte er. »Wann, glaubst du, dass er zurückkehren wird?«

Jetzt verhüllten Eumenes und Demetrios und Seleukos und Ismenias und noch einige andere das Haupt. Da hauchte Alexander ein langes, langsames, herzzerreißendes Ah! Aus der Brust und dann brach er in ein entsetzliches Gelächter aus. Er schüttelte sich hastig, raffte die Decken über den Knien zusammen, versuchte mehrmals zu reden, ohne dass es gelang, und stieß endlich hervor: »Nach Borsippa! Auf nach Borsippa!«

Eine träge, traurige Bewegung entstand. Man trug Alexander hinaus. Alle folgten, stiegen die Terrasse hinab zum Ufer des Kanals, an dem die Barken bereitlagen. Alexander wurde ins Boot geschafft, Medios, Eumenes und Peithon folgten. Die am Ufer Zurückbleibenden nahmen ihre Helme ab und grüßten die Fortziehenden in tiefem Schweigen.

Es war eine Sternennacht. Die Sterne lagen fast so rein in der schwarzen Fläche des Kanals wie sie rein am Himmel blinkten. Melodisch tönte das von den Ruderstangen aufbewegte Wasser. Die dunklen Häuser glitten vorüber. Die Kronen von Palmen und Pinien wurden wie finstre Gefieder riesengroßer Vögel gegen den licht schimmernden Himmel gemalt. Bisweilen senkte der Schein der Fackeln, die in jedem Boot brannten, ein am Ufer auftauchendes Gesicht in purpurne Glut. Von einem oder dem andern Stufenturm schallte der Ruf eines Sternenwächters oder aus einer Schenke kam Geschrei und Frauenzimmerlachen. Sonst lag Babylon in Frieden.

Aus dem Sternenkanal ging es in einen kleineren, der das Wasser der Färber hieß, von da aus über ein langes Stück des Biberkanals in einen weiten See, an dessen südlichem Rand die Mauern von Borsippa auftauchten.

Sie kamen hin. Die Bootsknechte klopften an das Tor. Eine Stimme von oben antwortete. »Aufmachen! Aufmachen!« riefen die Begleiter Alexanders.

»Es ist Befehl, die Tore geschlossen zu halten,« entgegnete die Stimme.

»Der König ist da! Alexander selbst will nach Borsippa!« riefen Medios und Eumenes zugleich, wild und entsetzt.

Kurzes Schweigen, dann die Stimme von Neuem. »Es ist ein Befehl von Alexander ergangen und mit seinem Ring gesiegelt, die Tore verschlossen zu halten.«

Alexander schrie auf. In ohnmächtigem Zorn rissen seine Begleiter die Schwerter heraus. Die Sklaven und Bootsleute pochten mit Stangen und Rudern an die ehernen, unbezwinglichen Tore. Die schweigende Nacht widerhallte von dem Getöse. Fassungslos gebot Eumenes endlich die Rückfahrt. »Alles Blut, das fließen wird, über Perdikkas und die Chaldäer!« rief er unheildrohend hinauf. »Morgen flammt vielleicht das Feuer dort, wo ihr heute das Haupt zum Schlaf hinlegt.«

Da antwortete die Stimme von oben voll und dumpf: »Siebenfacher Mord will Sühne.« Dann war es wieder still.

Alexander hörte es nicht mehr. Ihn schmerzte die Haut des ganzen Körpers, als ob sie versengt wäre. Leise wimmernd wälzte er sich hin und her. Er wollte die Arme ins Wasser tauchen, um irgendwie Kühlung zu erhalten, doch er war unfähig, sich zu bewegen. Mit verglasten, grässlich erweiterten Augen blickte er auf das schwarze Spiegelbild der Mauern im Wasser. Seine Knie waren ihm schwer wie Eisen. Als sie zurückfuhren, war es ihm, als gleite das Boot inmitten der Sterne. Alles gehört mir, dachte er mit wirren heißen Sinnen, mir der Himmel, mir die Luft, mir die Steine, mir Babylon, ich bin der Herr. Der Fischer dort, der in der Stille der Nacht sein Netz auswirft, ist mein Eigentum, durch mich läuft alles seinen Gang.

Er hatte brennenden Durst. Doch die Ärzte hatten verboten ihm Wasser zu geben; Wasser greift das Herz an, sagten sie. Er warf sich auf und fuchtelte mit den Armen durch die Luft. Dann fing er an zu schreien, es war markerschütternd. »Mein Ring! Mein Ring!« schrie er immer wieder. Hohlgesichtig und stumm vor Angst saßen die Begleiter um ihn her. Mit

Gebärden trieben sie die Bootsleute zur Eile an. Bald wurde Alexander etwas ruhiger. Das Fleisch, die Haut seines Körpers war so heiß wie glühendes Metall. Das Gesicht zog sich oft so zusammen, dass es dem eines uralten Mannes glich. Seine Augen entzündeten sich, an Hals und Armen zeigten sich Geschwüre. »Nicht sterben,« ächzte er, »nicht sterben,« eine bohrende, siedende Angst brach in seine Brust. Er fuhr mit den Fingern in die nassen Haare, und es war ihm, als lösten sie sich morsch vom Schädel wie welkes Gras vom Boden. Er schauderte ins innerste Herz vor dem Nichts, in das er treten sollte, vor dem Weg in die Finsternis, der sich gefährtenlos auftat. Mit beiden Armen klammerte er sich an die Kissen, als stellten sie das Leben dar, aus dem er fortgerissen werden sollte. Er streckte die Hände nach den Menschen aus, die um ihn waren; keiner regte sich. Vergiftete Dämpfe erfüllten die Luft.

Er sah sich selbst in Zeit und Raumferne. Es war vor der Schlacht. Die Herolde riefen. Er ritt die Reihen entlang. Das Pferd, das ihn trug, war schwarz mit einem kreisrunden weißen Flecken auf der Stirn. Es schritt leicht und hüpfend. Es hatte eine Satteldecke, deren Enden durch eine zierliche Agraffe über der Brust verbunden waren, und Rosetten schmückten das Zaumzeug. Die Sonne strahlte über die Gefilde. Tau blitzte auf den Gräsern, Kampfrufe durchschmetterten die Luft, die Waffen klirrten melodisch. Ein zerfressender Neid erfüllte ihn gegen den Alexander von damals, der das Leben noch besaß und es nicht wusste, den Tag nicht genug an sich presste, die Nacht nicht genug liebte, nicht das Vorübergleiten der Zeit begriff, nicht die Unwiederbringlichkeit der gelebten Stunde. Auf dem Meer sah er Schiffe; plötzlich lag das Meer vor ihm; es waren makedonische Schiffe, sie wurden vom Sturm zerschlagen, der Sturm hatte ein Antlitz, der ganze Weltraum verdichtete sich zu einem Antlitz . . .

Eine Stimme sprach neben ihm. Es war Eumenes. Feierlich beschwor ihn der Grieche, er möge den Namen dessen nennen, der nach ihm herrschen sollte, und Medios und Peithon flehten gleichfalls. Er presste trotzig die Lippen aufeinander. Der Hass gegen diese Lebenden ließ seinen Atem stocken. Gleichgültig war es, was sie ohne ihn beginnen würden. Nichts ist es mit der Flucht der Seele aus dem gestorbenen Leib. Er fühlte die Zerstörung des Körpers, er fühlte das Schweigen des Todes; schon verweste das Gehirn in seinem Kopf, schon verfaulte das Herz. Jammer, Grauen und Entsetzen verzerrten sein Gesicht. Er suchte Eumenes' Schulter zu ergreifen. Eumenes wich zurück . . .

Jetzt landete das Boot an der Euphratseite des Palastes. Eine lange Allee dunkler Zypressen führte zu beiden Seiten der steilen Treppen empor. Der Morgen dämmerte. Reich mit Quasten und Federbüschen geschmückte Pferde standen oben. Die Wände bewegten sich, Schlangen quollen aus ihnen hervor. Zwölf Löwen, an der Kette geführt, schritten majestätisch vorüber.

»Wohin bringt ihr mich? Wohin? Wohin?« Alexander fuhr vom Lager auf und starrte in die bleichen Gesichter. Er sah am nahen Ufer einen Zug von Zechern, die mit Blüten und Baumzweigen bekränzt waren. In bacchantischem Tosen unter dem Lärm von Blechklappen liefen sie dahin. Alexander glaubte, sie stürmten kopfabwärts davon. Ihre fliegenden Gewänder sahen im Zwielicht der Fackeln und der Dämmerung wie Flammen aus. Er erhob sich auf die Knie und rief unverständliche Worte hinüber. Er drohte ihnen mit dem Tod, und sie eilten weiter. Ehe die Freunde ihn zurückhalten konnten – sie wagten es auch nicht recht, sie fürchteten von der Krankheit angesteckt zu werden, wenn sie ihn berührten, – hatte er das Diadem vom Kopf gerissen und zurückgeschleudert, war mit einem Satz ans Ufer gesprungen und folgte der trunkenen Schar. Jene lachten und riefen etwas zurück, denn sie erkannten ihn nicht. Alexander lief rasch, und er erstaunte, dass ihn seine Beine trugen, und er wollte nicht aufhören zu laufen aus Angst, dass es dann auf einmal zu Ende sein könne mit der wunderbaren neuen Lebenskraft. Medios und Eumenes und die andern folgten ihm. Er, wie ein Flüchtling, suchte zu entkommen. Längst waren die lachenden Zecher in irgendeiner Torhalle verschwunden. Dunkle Gestalten tauchten auf, suchten ihn zu halten, führten drohende Reden. Ich brauche nur einen lächerlichen Schmuck von der Stirne zu reißen, fuhr es Alexander durch den Kopf, um so zu sein wie die andern, und meine Stimme verklingt. In einer Halle sah er eine Tänzerin. Sie drehte sich langsam um sich selbst, ihr Gesicht zeigte eine Verzweiflung, wie sie nur der Anblick tödlicher Visionen gibt, aber die schweigenden Zuschauer lächelten. Es begann zu regnen.

Durch seltsam düstre Gassen ging es, die rückwärts um den Palast sich wanden und schlängelten. Jetzt sah man ängstliches Volk. Die Tore des Palastes tauchten auf. Sie waren von Söldnerscharen belagert. Die Ärzte hatten den Führern, die Führer den Soldaten zweifelhafte und zweideutige Botschaften geschickt. Der Oberste der Palasttruppen hatte vor dem Andrang die Tore sperren lassen. Die Edelscharen erschienen auf den Mauern, als ob ein Schutz gegen die draußen Wartenden nötig wäre. Es verbreitete sich das Gerücht, Alexander sei vergiftet worden. Perdikkas hat ihn vergiften lassen, hieß es. Zufällig wurde Alketas, der Bruder Perdikkas', sichtbar. Eine Horde von Makedoniern ergriff ihn, sie stellten ihn zur Rede, sie hätten ihn umgebracht, wenn nicht Ptolemäos erschienen wäre und sie mit einer Notlüge hingehalten hätte; Alexander ist im Palast, sagte er, er schläft, der Lärm stört ihn.

Das geschah um Mitternacht. Zwei Stunden später, und die leidenschaftliche Bewegung erhob sich von Neuem, unerklärlich, woher sie stammte, wie sie Nahrung fand. Viele Makedonier eilten nach Hause, um ihre Waffen zu holen. Andere stürmten über die Brücken der Wassergräben und verlangten tobend Einlass. Leonnatos kam, um sie zu beruhigen. Er war weiß bis in die Lippen, sein Gesicht war übernächtig. Er wollte reden und wurde überbrüllt. Dann kamen nacheinander Apollodor, Stamenes und Seleukos . . .

Und da, auf einmal, es war schon Tag, gellte eine eherne Stimme den Namen Alexanders mit einem Ausdruck des Staunens und der größten Angst. In seinem entsetzlichen Lauf war Alexander bis vor den Palast gekommen. Die meisten, die ihn so sahen, erkannten ihn nicht, bis jene Stimme sich erhob. Zum Überfluss gewahrten sie noch die ihm nachrennenden Männer: Medios, Peithon, Eumenes, die sich vor Erschöpfung und Grauen kaum noch auf den Beinen halten konnten. Erst wichen die Soldaten in weitem Bogen zurück. Alexander stand im dicht geschlossenen Kreis und konnte nicht weiter. Er taumelte und griff mit den Händen in die Luft. Sein Gesicht war blass wie Schwefel. Die Augen loderten so, dass man glauben konnte, sie würden in kurzer Frist den ganzen Körper aufzehren und verbrennen. Da stürzten die Makedonier auf ihn zu. Sie stießen tierische Schreie aus. War es Liebe und Schmerz? oder Hass und Wut? Wurden sie der Demütigungen bewusst, die sie durch ihn erlitten? dachten sie an die hingemetzelten Freunde, an das beste Herzblut Makedoniens, das er vergossen? oder an das Leben voll fantastischer Pracht und abenteuerlicher Größe, das er ihnen eröffnet? Glaubten sie den Augenblick gekommen, wo sie sich rächen konnten dafür, dass er sie an Asien verraten hatte? Ertrugen sie es nicht, ihn in seiner Schwäche zu sehen, ihn, Alexander, den sie für einen Sohn Gottes gehalten? Überwältigte sie die Furcht vor seinem Ende, der Zorn, dass er sterben wollte, um sie in Babylon sich selbst zu überlassen?

Sie waren nicht mehr Menschen. Sie stürzten auf ihn los. Einige schlangen die Arme um ihn, als ob sie ihn küssen wollten. Aber sie pressten ihn an sich, dass ihm der Atem verging. Sie kamen mit ihm zu Fall. Andere, von den wild Nachdrängenden geschoben, traten auf seinen Leib, auf seine Brust. Immer mehr entfesselt packten sie ihn bei den Armen, bei den Schultern, bei den Haaren, schon blutete er aus hundert Wunden, als das Wehgeheul eines aus dem Taumel Erwachenden sie wieder zur Besinnung brachte.

Eine Totenstille entstand. Langsam spaltete sich die Masse, öffnete sich der Kreis.

Da lag Alexander. Da lag er, da lag der Herr der Welt, da lag er . . .

Dreizehntes Kapitel

Babylon

Durch die Finsternis der Rabenstraße, ganz im Westen der rechtsufrigen Stadt, ging langsam Arrhidäus und wandte sich nach manchem unschlüssigen Stillstehen in die Richtung gegen den Euphrat.

Kein einziges Haus war beleuchtet, aus keinem Tor schimmerte Licht. Sonst waren auch in tiefer Nacht hier immer viele Leute zu treffen, heute war kein Mensch zu sehen.

Nach einer Weile hörte er durcheinanderredende Stimmen. Eine lärmende Schar näherte sich auf der andern Seite der breiten Straße. Es waren böotische Söldner, sie rannten wie gejagt, ihre Schuhe klapperten auf dem Pflaster, ihre Schwerter klirrten beim Lauf gegen die Beinschienen.

»Rhibton hat sein Pferd zuschanden geritten,« sagte einer von ihnen keuchend.

»Wann soll es gewesen sein?« ein anderer.

»Was soll nun werden!« rief ein dritter.

Und vorüber waren sie wie der Sturmwind.

Arrhidäus blickte ihnen nach. Er schüttelte den Kopf. Er glaubte es nicht, dass Alexander gestorben sei. Misstrauisch hatte er die allgemeine Erregung der letzten Tage an sich vorübergehen lassen. Er hielt alles für eine geheimnisvolle Finte. Vielleicht wollte Alexander die Treue seiner Freunde und Soldaten auf die Probe stellen oder das Maß ihrer Trauer kennenlernen.

Und doch, wenn es wahr wäre! Arrhidäus blieb stehen und griff mit allen zehn Fingern in sein lang herabhängendes Haar. Wenn es wahr wäre! Dann konnte es vielleicht geschehen, dass das Unaussprechliche, das Unausträumbare Wort und Form gewänne. Vor dieser Schwelle standen die Gedanken still. Eine rätselhafte Bangigkeit kam über Arrhidäus. Zweifel und Zuversicht bekämpften sich in seinem Innern und chaotische Visionen lösten sich los, aber wie sonderbar, dass er sich in ihnen nur als Verfolgten und Beleidigten sah und dass er das Bewusstsein der Kraft und des Genius immer als Wunde in der Brust trug.

Er ging über die Euphratbrücke und durch die Königsstraße. Beim großen Sonnenobelisk begegneten ihm königliche Edelknaben, etwa zwanzig oder fünfundzwanzig. Stumm, langsam, dumpf, barhäuptig, gespensterhaft wandelten sie vorbei. Ein paar hundert Schritte, und die

Mauern des Palastes tauchten auf. Arrhidäus sah nichts als eine schwarze Masse zahlloser Menschen. Vollständige Dunkelheit herrschte, keine Fackel, kein Flammenhaufen brannte. Nur ostwärts am Kanal loderten ein paar trübe Lichter, die den herunterrieselnden Regen aufblitzen ließen.

Unbekümmert drängte sich Arrhidäus durch die Haufen der Söldner. Ihre bleierne Ruhe hatte etwas Herzzusammenschnürendes. Viele hatten die Lanze aufgestützt und den Kopf zwischen die Arme gewühlt. Viele kauerten auf der Erde und achteten der Regennässe nicht.

Nach langem Bemühen kam Arrhidäus in den ersten Palasthof. Hier standen makedonische Hauptleute in lautlosem Schweigen. Hallen, Gänge, Vorgemächer und Treppen, alles war voll von Männern, alle unbeweglich und schweigend. So wirkte das Ereignis auf die Menschen, dass ihr Gemüt nicht fähig war, es auf einmal zu erfassen; sie mussten Gedanken, Ahnungen, Erinnerungen und die dumpfe Tiernatur zu Hilfe nehmen, um es ganz zu begreifen.

Da er eine Zeit lang weder vorwärts noch zurückgehen konnte, musste Arrhidäus, eingekeilt in die Masse, der seltsamen Stille lauschen, die eine Art Schwirren in der Luft hervorbrachte. Der warme Atem der hinter ihm Stehenden berührte seinen Nacken.

In diesem Augenblick begann er, durch irgendetwas Ungreifbares überzeugt, an Alexanders Tod zu glauben. Er lächelte wild in sich hinein. Zugleich erhob sich sein Begehren wie auf Flügeln, und der inbrünstige Glaube an sich selbst trieb Tränen der Beseligung in seine Augen. Aber wohin nun? Wem sich zeigen? Wem eröffnen? Schweigen! Schweigen und warten! Er, der jedes fremde Verdienst auf den Nacken des Zufalls lud, erwartete alles eigene Glück von einem rasenden Ungefähr.

Nun ergriff ihn eine abergläubische Furcht vor dem Gedanken, Alexanders Leiche sehen zu müssen. Es gelang ihm, einen mit Teppichen verhängten Seitenausgang zu erreichen, und er kam zu einer hölzernen Treppe. Auf allen vieren, mit den Beinen voraus, kroch er Stufe um Stufe hinab und befand sich alsbald in einem schmalen Gang, der in die Nebenhöfe und in die Gärten führte.

Es war schon Tag, trüber, regnerischer Tag. Unter einem Säulenbogen legte er sich ermattet auf eine Bank und schlief ein. Als er erwachte, begann er sein zweckloses, aber von einer tiefen Erregung beschwingtes Herumstreifen aufs neue. Park und Höfe, alles war voll Soldaten. Er wollte in den Palast zurückkehren, aber die Wachen stießen ihn beiseite.

Es durfte niemand mehr hinein. Eine Abteilung der Edelscharen hatte den Auftrag, alle andern Söldner aus den Vorhöfen zu vertreiben. Die Führer des Fußvolks traten den Edelscharen entgegen und hielten ihnen in leidenschaftlichen Worten ihre überflüssige Feindseligkeit vor. Die Rundschildner bereiteten sich zum Kampf.

»Alles Blut auf Perdikkas!« schrie eine Stimme.

Es tönten kriegerische Gesänge. Die neu anmarschierenden Truppen waren bis an die Zähne bewaffnet.

Halb erschreckt, halb entflammt, nicht wissend, wohin er sich wenden sollte, wanderte Arrhidäus am hohen Kanalufer entlang, kehrte wieder um und ging, ohne es zu bemerken, denselben Weg drei- oder viermal. Ein Reitertrupp sprengte vorüber. Vor dem Nergaltempel standen vornehme junge Babylonier und flüsterten. Aus ihrem friedlichen Müßiggang aufgeschreckt, beobachteten sie mit Spannung das unheimliche Treiben in der Stadt. Die Häuser waren verschlossen und verrammelt. Ein Wagen, mit Frauen und Kindern beladen, von lang gehörnten Ochsen gezogen, fuhr gegen Borsippa. Am jenseitigen Ufer des Kanals tauchte ein griechischer Soldat auf und rief irgendjemandem zu, dass im Susaviertel eine Feuersbrunst ausgebrochen sei, chorasmische Söldner hätten den Brand gelegt.

In seiner schmerzlichen, fieberhaften Träumerei gelangte Arrhidäus zu einem weit gestreckten Gebäude, aus dessen Innern ein schwermütiger Gesang von Frauenstimmen erschallte; es war eine Teppichfabrik, die Sklavinnen sangen zur Webearbeit. Unten im Wasser wuschen Frauen lange weiße Gewänder.

Arrhidäus lehnte sich an den Sockel einer verwitterten Statue. Unbesiegbare Trauer nahm von ihm Besitz, uferlose Betrübnis. Wohin nun mit den Taten, die in mir ruhen? dachte er. Allzugroß erschien ihm die Welt, allzu viele Wege hatte sie. Welchen wählen? Er wäre fähig gewesen, sein Leben zu opfern, aber wann, bei welcher Gelegenheit? Sollte er durch die Stadt rennen, um sich anzupreisen? Er hatte keinen Freund, keinen Gefährten, keinen Anhänger.

Der Abend senkte sich herab. Südwind, Meereswind hatte den Himmel reingefegt, und der Halbmond trat aus zarter Nebelhülle hervor. Es erschallte Lärm und Geschrei. Fackelschein überflutete die Straße. Es waren Söldner, die vor den Mauern wohnten. Dicht an Arrhidäus stürmten die ersten vorbei. Da ergriff es ihn. Ohne sich zu besinnen, stürzte er sich in die Schar und eilte mit ihnen weiter und zog das Schwert und schrie mit ihnen drauf los: »Nieder mit Perdikkas! Tod den Edelscharen!«

Ein kleiner dicker Mensch mit gedunsenem bartlosem Gesicht fragte ihn, wer er sei. »Ich bin Arrhidäus, Philipps Sohn, Alexanders Bruder,« erwiderte er mit blitzenden Augen.

Der Soldat erstarrte vor Staunen. »Philipps Sohn!« heulte er. »Hört, Kameraden, hört doch – Jason! Iphrikates! Thrasondas! Hört nur, dies ist Philipps Sohn, König Philipps Sohn!«

Ein betäubender Tumult entstand. Jubelrufe. Arrhidäus vergingen die Sinne. Zwanzig Fäuste packten ihn, hoben ihn empor. Unter fortwährendem Freudengebrüll wurde er weiter getragen. Andere Makedonier kamen. Philipps Sohn! Das Wort war unwiderstehlich. Viele hörten zum ersten Mal, dass es im Heer, in Babylon einen Sohn Philipps gäbe. Sie fragten nicht lang, sie begnügten sich mit der Tatsache, mit ihrer Begeisterung, mit dem Jubel der Andern. Sie waren froh, einen Namen zu haben. Die Silberschildner zogen Arrhidäus in ihre Mitte. Unter tosendem Triumphgeheul wurde beschlossen, den Palast noch in der Nacht zu stürmen.

Arrhidäus vermochte nichts mehr zu unterscheiden, keine Stimme, kein Gesicht. Er nahm wahr, dass sich etwas Ungeheures mit ihm ereignet habe. Er zitterte unaufhörlich.

Es entstand eine vorwärtsdrängende Bewegung. Flammenschein durchzuckte die Nacht. Ein donnerähnliches Dröhnen erschallte; mit gefällten Baumstämmen stießen die Fußsoldaten gegen die Palasttore. Perdikkas kam auf die Mauer und wollte sprechen. Er wurde überschrien, der Name Arrhidäus wurde ihm entgegengebrüllt. Durch ein zerschmettertes Tor stürzten die Silberschildner in den Palast. Die Edelscharen stellten sich ihnen entgegen, es kam zum Kampf, es floss Blut, man hörte das Röcheln der Sterbenden. Perdikkas sah ein, dass er der Übermacht nicht gewachsen war und gab den Befehl zum Rückzug. Die Edelscharen räumten den Palast. Nun stürmten die Silberschildner in das Sterbezimmer Alexanders, um das Diadem für Arrhidäus zu holen. Seleukos verweigerte es ihnen, er warf sich ihnen mit der Schar der königlichen Knaben entgegen und verschaffte damit dem Perdikkas Zeit zur Flucht. Bald war der Raum, wo Alexander lag, mit Blut bespritzt. Die Leichen schöner Knaben kauerten ihm zu Füßen, und ein Sonnenstrahl beschien seine ausgestreckte gelbe Hand.

In der Nacht schickte Eumenes, der die Besonnenen und Gemäßigten um sich versammelt hatte, Boten in den Palast. Sie wurden von den wütenden Silberschildnern niedergemacht. Perdikkas hatte sich nach Borsippa geworfen, Ptolemäos war mit viertausend Mann, die nur ihm allein folgen wollten, vor das Ischtartor gezogen. Jede Stunde kam es in den Straßen zu erbitterten Kämpfen. Aus den Gefängnissen Babylons brachen die Sträflinge aus, die zum Frondienst bestimmten Arbeiter versagten den Gehorsam, die unermessliche Menge von Sklaven, die das Heer mit sich führte, wurde vom Geist des Aufruhrs ergriffen. Geheimnisvolle Mordtaten ereigneten sich, und den Kühnsten befiel die Angst vor einem schmählichen Tod aus Meuchlerhand. Feindschaften brachen aus, deren Wut ansteckend war wie die Hundskrankheit. Jetzt erst schien Babylon aus tückischem Schlaf zu erwachen; aus seinen Schlupfwinkeln spie es den Auswurf der Menschheit hervor: Flüchtlinge, ausgewiesene Verbrecher, Abenteurer und Schwindler; entlaufene Sklaven, die ihre Herren bestohlen hatten und, was sie besaßen, in einer einzigen Nacht mit den Söldnern verprassten, Leute, die keine Heimat auf dem bewohnten Erdkreis hatten und die für jede Schurkerei um wenig Geld zu erkaufen waren. Im Tempel der Astarte wurden unzüchtige Feste gefeiert und über hingeschlachteten Menschenopfern erhob sich der scheußliche Taumel. Priester zogen durch die Straßen und verkündeten das Ende der Welt.

Arrhidäus fand keinen Schlaf und keine Ruhe mehr. Oft verlangte ihn nach einer Stunde des Alleinseins, aber immer neue Menschen kamen mit immer neuen Nachrichten. Leute, deren Namen und Gesichter er noch vor wenigen Tagen gekannt, schienen ihm jetzt fremd. Er misstraute ihrem Tun und Denken, er beargwöhnte sie, wenn sie sprachen und wenn sie schwiegen, es zwang ihn den Horcher zu machen, wenn sie flüsternd in den Ecken standen. Wenn ein Perser ehrfürchtig vor ihm niederkniete, kitzelte es ihn, über seinen Körper hinwegzuschreiten oder sich über seine andächtige Miene lustig zu machen. Die Fülle der Geschäfte benahm ihm Atem und Besinnung. Es wurde ihm schwer, Freundeswort und Feindeswort zu unterscheiden. Mit wachen Augen träumte er blutige Träume. Die Zeit ist aus der Bahn gelaufen, seufzte er vor sich hin, und er fürchtete um seinen Verstand, wenn all die Unheilsbotschaften eintrafen, Aufstand und Verrat und Mord und dumpfe Gärung in allen Teilen der Welt, wenn er auf die Straße trat und unvermutet eine Leiche zu seinen Füßen sah. Der ganze Erdkreis schien zu fiebern. Alle Gemüter waren entbrannt in Hass, Gram, Sorge, Zwietracht. Wenn er des Nachts auf die Terrasse trat, war der Himmel purpurrot von Feuersbrünsten. Auf seine Fragen erhielt er ungenügenden Bescheid. Man brachte geschickte Schmeichler in seine Nähe, die sein Urteil abstumpfen sollten, man verheimlichte ihm wichtige Ereignisse und verstrickte ihn in bedeutungslose. Seine Befehle wurden umgangen, und wenn sie ausgeführt wurden, demütigte man ihn durch seine Irrtümer. Er hatte nicht die Kraft, das hinterlistige Gewebe zu lösen, in dem sie ihn fingen, er hatte nicht den Mut, ohne ihren Rat zu handeln, er verlor den Zusammenhang des Geschehens, widersprach sich selbst, war unsicher, gequält, zur falschen Zeit unbeugsam und zur falschen Zeit willfährig. Er verurteilte Perdikkas als Verräter zum Tode und bemerkte bald, dass man ihn darüber auslachte. Seine Vorsätze waren unfruchtbar, seine Tatkraft verrauchte in einem kurzen Anfall. Überall gingen Dinge vor, die ihren eigenen Weg nahmen, und er sah sich unfähig, sie aufzuhalten oder einen andern Weg zu lenken. Es war ihm zumute, als würde er von einer gewaltigen Wasserwoge fortgespült, ohne dass er Zeit hatte sich zu besinnen. Oft drängte es ihn, irgendetwas zu befehlen, und schließlich befahl er, dass man ihm zu essen bringe, obwohl er nicht im geringsten hungrig war. Er sagte sich, die ungestüme Flut des neuen Lebens lähme vielleicht seinen Willen, und er vertröstete sich auf andere Tage. Eine seltsame Angst vor den ruhigen, düstern und entschlossenen Gesichtern ringsherum schnürte ihm die Brust zusammen. Die Nähe so vieler Menschen, die ihn beobachteten, war ihm unbequem. Mit verhängten Blicken schritt er zwischen ihnen hindurch. Seine Seele wurde bang und irre. Alles schien entflohen, was er ehedem besessen, verdorrt seine Fantasie, vernichtet die Freudigkeit zur Tat, verschwunden das Selbstvertrauen. Er wagte keinen Schritt mehr zu machen aus Furcht, dass es ein falscher sein könne, kein Wort mehr zu sprechen aus Furcht vor Missdeutung und Spott. Die Blicke und Mienen um ihn her wurden immer finstrer und verächtlicher, und als eines Tages Perdikkas als Herr von Babylon und erster Beamter des Reiches in den Palast einzog, war er es, der König, der die Nachricht zuletzt erfuhr und sie verwundert hinnahm.

Nach einem von schmerzlichsten Träumen erfüllten Schlaf erhob sich Arrhidäus noch vor Mitternacht, opferte und wandte sich mit einem wünschevollen endlosen Gebet an die Gottheit. Eine solche Verzweiflung war in ihm, dass er wie ein Kind weinte und schluchzte. Als er dann in den Säulengang hinaustrat, hörte er verworrenes Geschrei und Getöse. Er ging weiter, dem Licht auftauchender Fackeln entgegen und sah Sklaven und Verschnittene und Söldner und in ihrer Mitte zwei persische Fürsten. Und als er näher kam, gewahrte er noch ein am Boden kauerndes Weib. Sie hatte flehentlich die Hände erhoben und bettelte um ihr Leben. Es war Stateira. Der Schleier war ihr vom Gesicht gerissen worden, die Gewänder vom Leib. Ihre Augen schwammen in Tränen. Die persischen Fürsten standen mit bloßen Schwertern neben ihr, um sie zu verteidigen. »Sie muss sterben, Roxane hat es befohlen,« sagte einer der Söldner. Und im Nu, schnell wie ein Dämon, sprang einer der Verschnittenen hinzu, packte die unglückliche Frau bei den Haaren, riss den Kopf zurück und durchschnitt ihr mit einem Messer die Kehle. Lautlos brach sie zusammen, der weit spritzende Blutstrahl kam bis zu Arrhidäus und benetzte seinen Fuß. Im selben Augenblick erschien Roxane. Sie trug selbst eine Fackel. Ihre hohe Gestalt, der Anblick ihrer Schwangerschaft, ihr grauenhaft finsteres und unbewegliches Gesicht verursachten ein jähes Schweigen, das erst durch einen langen Wehschrei unterbrochen wurde. Arrhidäus war es, der schrie, er stürzte nieder, Schaum trat vor seinen Mund, seine Glieder verrenkten sich, zuckten, es war sein Anfall. Man hob ihn auf und trug ihn in das Schlafgemach, wo er sich allmählich beruhigte und in Schlummer sank.

Am Morgen erhob er sich mit schwerem Kopf und schwerem Herzen. Er wies alle Frager von sich ab und ging von Raum zu Raum, bis er kein menschliches Gesicht mehr sah und keine Stimme sein Ohr mehr traf. Er kauerte sich in einen Winkel, zog in plötzlicher Eingebung die Flöte, die er stets bei sich zu tragen pflegte, aus dem Gewand und fing an, selbstvergessen, von allen andern vergessen, vor sich hin zu spielen.

Es klang wie die Stimme eines Vogels, leise und dünn, zikadenhaft vibrierend. Dann schwollen die Töne an und gewannen an Tiefe und Umfang, und es war, als schritte ein Sänger langsam von Wolkenhöhen herab, Stufe für Stufe, und nähme den Schmerz der Erde in sich auf in dem Maß, wie er sich der Erde näherte. Schwer und lallend klang das dunkle Lied, manchmal trillernd wie das erste Lachen eines Kindes, aber bald deckten Wehmut und Trauer alles wieder zu. Aus keinem Menschenmund war je ein so kummervoller Ton gekommen.

Ein echter Künstler spielte das.

Als Arrhidäus aufgehört hatte, blieb er regungslos in der tiefen Stille sitzen. Ein nie gekanntes Gefühl erwachte in ihm und rang sich aus dem widerwilligen Innern los: Bewunderung für Alexander. Gereinigt und feierlich gestimmt durch die Einsamkeit und die Hingebung seiner Seele an die Musik, ahnte er jetzt, welch ein Mensch mit Alexander hingegangen sei. Gleich darauf schlug er erschrocken die Hände zusammen und starrte auf einen einzigen Punkt in der Luft, als ob er dort das Schauspiel seines eigenen Untergangs erblickte.

CPSIA information can be obtained
at www.ICGtesting.com
Printed in the USA
LVHW020840221022
731316LV00007B/555